Bianca

Caitlin Crews

Amor de fantasía

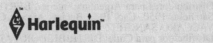

Editado por HARLEQUIN IBÉRICA, S.A.
Núñez de Balboa, 56
28001 Madrid

I.S.B.N.: 978-84-9010-222-0
Depósito legal: B-41398-2011
Editor responsable: Luis Pugni
Fotomecánica: M.T. Color & Diseño, S.L. Las Rozas (Madrid)
Impresión en Black print CPI (Barcelona)
Fecha impresion para Argentina: 30.7.12
Distribuidor exclusivo para España: LOGISTA
Distribuidor para México: CODIPLYRSA
Distribuidores para Argentina: interior, BERTRAN, S.A.C. Vélez
Sársfield, 1950. Cap. Fed./ Buenos Aires y Gran Buenos Aires,
VACCARO SÁNCHEZ y Cía, S.A.
Distribuidor para Chile: DISTRIBUIDORA ALFA, S.A.

Capítulo 1

L A CASA no había mejorado desde que ella
la había visto por última vez.

Se asomaba sobre la elegante Quinta Avenida de Nueva York, con el estilo anticuado de la época dorada. Becca Whitney estaba sentada en el amplio salón, tratando de fingir que no se daba cuenta de cómo la miraban sus dos supuestos parientes. Como si su presencia allí, como la hija ilegítima de su desheredada y menospreciada difunta hermana, contaminara el ambiente.

«Quizá sea cierto», pensó Becca. Quizá ése fuera el motivo por el que la enorme mansión parecía una cripta fría e impersonal.

El intenso silencio, que Becca se negaba a romper puesto que esa vez era a ella a quien habían llamado, se quebró de repente con el ruido de la puerta al abrirse.

«Menos mal», pensó Becca. Tuvo que mantener las manos fuertemente entrelazadas y apretar los dientes para no pronunciar las palabras que deseaba soltar. Fuera lo que fuera, aquella interrupción era bienvenida.

Hasta que levantó la vista y vio al hombre que

entró en la habitación. Al verlo, reaccionó sentándose derecha en la silla.

—¿Es ésta la chica? —preguntó él, con un tono exigente.

El ambiente cambió de golpe. Ella le dio la espalda a los tíos a los que, en su momento, había decidido que no volvería a ver y se volvió hacia el hombre. Él se movía como si esperara que el mundo funcionara alrededor de él y con la seguridad que indicaba que solía ser de esa manera.

Becca separó los labios una pizca cuando sus miradas se encontraron, habían pasado veintiséis años desde que aquella gente terrible echó a su madre como si fuese basura. Tenía los ojos de color ámbar y la miró fijamente hasta hacerla pestañear. Haciendo que ella se preguntara si se había asustado.

¿Quién era él?

No era especialmente alto pero tenía presencia. Llevaba el tipo de ropa cara que todos llevaban en aquel mundo hermético de privilegio y riqueza. Era delgado, poderoso, impresionante. El jersey gris que llevaba resaltaba su torso y sus pantalones negros resaltaban sus muslos musculosos y sus caderas estrechas. Su aspecto era elegante y sencillo a la vez.

Él la miró ladeando la cabeza y Becca se percató de dos cosas. Una de ellas era que aquél era un hombre inteligente y peligroso. Y otra, que debía alejarse de él. Inmediatamente. Se le formó un nudo en el estómago y se le aceleró el corazón. Había algo en él que la asustaba.

—Entonces, te das cuenta de su parecido —dijo Bradford, el tío de Becca, con el mismo tono condescendiente que empleó para echar a Becca de aquella casa seis meses antes. Y en el mismo tono que había empleado para decirle que su hermana Emily y ella eran producto de una equivocación. Algo bochornoso. Desde luego, no de la familia Whitney.

—Es asombroso —el hombre entornó los ojos y miró a Becca con detenimiento mientras hablaba con su tío—. Pensé que exagerabas.

Becca lo miró y sintió que se le secaba la boca y le temblaban las manos. «Es pánico», pensó. Sentía pánico y era perfectamente razonable. Deseaba ponerse en pie y salir corriendo para alejarse de aquel lugar, pero no era capaz de moverse. Era su manera de mirarla. La autoridad de su mirada. El calor. Todo ello hizo que permaneciera quieta. Obediente.

—Todavía no sé por qué estoy aquí —dijo Becca, esforzándose para hablar. Se volvió para mirar a Bradford y a Helen, la reprobadora hermana de su madre—. Después de cómo me echasteis la última vez...

—Esto no tiene nada que ver con aquello —contestó su tío con impaciencia—. Esto es importante.

—También lo es la educación de mi hermana —contestó Becca. Era demasiado consciente de la presencia del otro hombre. Percibía que él se la comía con la mirada y sintió que se le encogían los pulmones.

—Por el amor de Dios, Bradford —murmuró Helen a su hermano, jugando con los anillos de su mano—. ¿En qué estás pensando? Mira a esta criatura. ¡Escúchala! ¿Quién iba a creer que era una de los nuestros?

—Tengo tanto interés en ser una de los vuestros como en regresar a Boston desnuda caminando sobre un mar de cristales rotos —contestó Becca, pero recordó que debía concentrarse en el motivo por el que había regresado allí—. Lo único que quiero de vosotros es lo que siempre he querido. Ayuda para la educación de mi hermana. Todavía no veo por qué es mucho pedir.

Gesticuló señalando las muestras de riqueza que había a su alrededor, las suaves alfombras, los cuadros que había en las paredes y las lámparas de araña que colgaban del techo. Y no quiso mencionar el hecho de que estaban en una mansión familiar que ocupaba un bloque entero en medio de la ciudad de Nueva York. Becca sabía que la familia que se negaba a hacerse cargo de ellas podría permitírselo sin siquiera notar la diferencia.

Y no era de Becca de quien debían de hacerse cargo, sino de Emily, su hermana de diecisiete años. Una chica inteligente que merecía una vida mejor de la que Becca podía ofrecerle con su salario de procuradora. Lo único que había provocado que Becca fuera a buscar a aquellas personas y se presentara ante ellos había sido la necesidad de cubrir las carencias de Emily. Únicamente el bienestar de Emily merecía que ella acudiera a reunirse con Bradford, después de que él hubiese llamado «zorra» a su madre y echado a Becca de aquella casa.

Además, Becca le había prometido a su madre en

el lecho de muerte que haría todo lo posible para proteger a Emily. Cualquier cosa. ¿Y cómo podía romper su promesa después de que su madre lo hubiese dado todo por ella años atrás?

–Levántate –le ordenó el hombre.

Becca se sobresaltó al ver que él estaba demasiado cerca y se amonestó por mostrar su debilidad. De algún modo sabía que se volvería en su contra. Se volvió y vio que el mismísimo diablo estaba de pie junto a ella, mirándola de forma inquietante.

¿Cómo era posible que aquel hombre la pusiera tan nerviosa? Ni siquiera conocía su nombre.

–Yo... ¿Qué? –preguntó sobresaltada.

Desde tan cerca pudo ver que el tono aceituna de su piel y su penetrante mirada le daban un aspecto muy masculino e irresistible. Era como si sus labios seductores provocaran que ella deseara mostrar su feminidad.

–Levántate –repitió él.

Y ella se movió como si fuera un títere bajo su control. Becca se quedó horrorizada consigo misma. Era como si él la hubiera hipnotizado. Como si fuera un encantador de serpientes y ella no pudiera evitar bailar para él.

De pie, se percató de que era más alto de lo que parecía y tuvo que echar la cabeza ligeramente hacia atrás para poder mirarlo a los ojos. Al hacerlo, se le aceleró el pulso como si quisiera escapar...

–Es fascinante –murmuró él–. Date la vuelta.

Becca lo miró y él levantó un dedo y lo giró en el aire. Era una mano fuerte. No pálida y delicada como la de su tío. Era la mano de un hombre que la empleaba para trabajar. De pronto, la imagen erótica de aquella mano acariciando su piel invadió su cabeza. Becca intentó erradicarla enseguida.

—Me encantaría obedecer sus órdenes —le dijo, sorprendida por el fuerte deseo carnal que la invadía por dentro—, pero ni siquiera sé quién es o qué quiere, ni por qué se cree con el derecho de mandar a cualquiera.

En la distancia, oyó que sus tíos suspiraban y exclamaban en voz baja, pero Becca no tenía tiempo de preocuparse por ellos. Estaba cautivada por los ojos color ámbar del hombre que tenía delante.

Le parecía curioso que lo encontrara inquietante y que al mismo tiempo tuviera la sensación de que él podría darle seguridad. Incluso allí. «No creo. Este hombre es tan seguro como un cristal roto», trató de contradecir su ridícula idea.

Él no sonrió. Pero su mirada se tornó más cálida y Becca sintió que una ola de calor la invadía por dentro.

—Me llamo Theo Markou García —dijo él, con el tono de un hombre que esperaba que lo reconocieran—. Soy el director ejecutivo de Whitney Media.

Whitney Media era el gran tesoro de la familia Whitney, el motivo por el que todavía podían mantener antiguas mansiones como aquélla. Becca sabía muy poco acerca de la empresa. Excepto que debido a ella, y gracias a los periódicos, las cadenas de televisión y los estudios de cine, los Whitney poseían muchas cosas, tenían mucha influencia y se consideraban semidioses.

–Enhorabuena –dijo ella y arqueó las cejas–. Yo soy Becca, la hija bastarda de la hermana que nadie se atreve a mencionar en voz alta –se volvió y fulminó a sus tíos con la mirada–. Se llamaba Caroline, y era mejor que vosotros dos juntos.

–Sé quién eres –contestó él, acallando el sonido que sus tíos habían emitido como respuesta–. Y en cuanto a lo que quiero, no creo que sea la pregunta adecuada.

–Es la pregunta adecuada si quiere que me dé la vuelta enfrente suyo –respondió Becca con valentía–. Aunque dudo de que vaya a darme la respuesta adecuada.

–La pregunta correcta es ésta: ¿qué es lo que tú quieres y cómo puedo dártelo? –se cruzó de brazos.

Becca se fijó en cómo se movía la musculatura de su torso. Aquel hombre era un arma mortal.

–Quiero que financien la educación de mi hermana –dijo Becca, mirándolo de nuevo a los ojos y tratando de concentrarse–. No me importa si es usted el que me da el dinero, o si son ellos. Sólo sé que yo no puedo pagársela –la injusticia permitía que algunas personas como Bradford y Helen tuvieran acceso a estudiar en la universidad sin ningún problema mientras que Becca se esforzaba por ganarse el sueldo cada mes. Era una locura.

–Entonces, la otra pregunta es: ¿hasta dónde estás dispuesta a llegar para conseguir lo que quieres? –preguntó Theo mirándola fijamente.

–Emily merece lo mejor –dijo Becca–. Haré lo que tenga que hacer para asegurarme de que lo consigue.

La vida no era justa. Becca no se lamentaba de nada de lo que había tenido que hacer. Pero no estaba dispuesta a quedarse parada y ver cómo se desvanecían los sueños de Emily cuando no era necesario. Y menos cuando le había prometido a su madre que nunca permitiría que eso sucediera. No si Becca podía hacer algo para remediarlo.

–Admiro a las mujeres ambiciosas y sin piedad –dijo Theo, pero había algo en su tono de voz que a Becca no le gustaba. Al cabo de un momento, repitió el gesto con la mano para que ella girara sobre sí misma.

–Debe de ser muy agradable ser tan rico como para cambiar el coste de cuatro años de educación por un pequeño giro –dijo Becca–, pero ¿quién soy yo para discutir?

–No me importa quién seas –contestó Theo con dureza en su tono de voz.

Becca comprendió que no era un hombre con el que se pudiera bromear. Era la criatura más peligrosa con la que se había cruzado en su vida.

–Lo que me importa es tu aspecto –añadió él–. No hagas que te lo pida otra vez. Date la vuelta. Quiero verte.

Increíblemente, Becca se volvió. Notó que se le sonrojaban las mejillas y que las lágrimas inundaban su mirada, pero obedeció. El corazón le latía deprisa, a causa de la humillación y de algo más, algo

que la hacía temblar a pesar de que sentía un cosquilleo en el estómago.

La última vez se había vestido como si fuera a
una entrevista de trabajo, con un traje conservador
y sus mejores zapatos. Después, se había odiado por
haber puesto tanto esmero en el intento. Esta vez, no
se habían preocupado por lo que pudieran pensar de
ella. Llevaba un par de vaqueros, sus viejas botas
de motorista y una vieja camiseta debajo de una sudadera con capucha. Era una ropa cómoda y además
había provocado que sus refinados parientes se aver-
gonzaran al verla entrar. Había estado contenta consigo misma, hasta ese momento.

En ese instante deseaba haberse vestido de otra
manera, con algo que hubiera llamado la atención
de aquel hombre y que hubiese evitado esa sonrisita
en su boca sensual. «¿Y por qué deseas tal cosa?»,
se preguntó, confundida por la mezcla de sentimientos que la invadían por dentro. ¿Qué pasaba con ese
hombre? Tambaleándose, terminó el giro y lo miró.

–¿Satisfecho? –le preguntó.

–Con la materia prima sí –dijo él, en tono cortante.

–He leído que muchos directores ejecutivos y otro
tipo de cargos importantes de la industria son soció-
patas. Supongo que usted encaja en el grupo.

Él sonrió de verdad y fue algo tan inesperado y
asombroso que Becca dio un paso atrás. Aquella
sonrisa iluminaba su rostro, provocando que pareciera más atractivo y peligroso de lo que cualquier
hombre debía ser.

–Siéntate –dijo él. Era otra orden–. Tengo una propuesta para ti.

–Nunca ha habido nada bueno detrás de esas palabras –contestó ella y colocó las manos sobre sus caderas para disimular su estado. No se sentó, a pesar de que le temblaban las piernas–. Es como los ruidos extraños en las películas de terror. No pueden terminar bien.

–Esto no es una película de terror –contestó Theo–. Es una transacción comercial sencilla y poco ortodoxa quizá. Haz lo que yo pido y tú tendrás todo lo que siempre has deseado y mucho más.

–Vayamos al grano –Becca puso una falsa sonrisa–. ¿Cuál es la trampa? Siempre hay una trampa.

Durante un instante él permaneció mirándola en silencio. Becca tuvo la sensación de que él podía leer su pensamiento y que notaba lo decidida que estaba a salvar el futuro de su hermana y lo inquieta que estaba por su cercanía.

–Hay varias trampas –dijo él–. Probablemente, muchas de ellas no te gusten, pero sospecho que aguantarás porque pensarás en el resultado final. Sobre lo que harás con el dinero que te daremos si haces lo que te pedimos. Así que las trampas no te importarán –arqueó las cejas–. Excepto una.

–¿Y cuál es? –sabía que aquel hombre podía destrozarla y que se había contenido por pura coincidencia. Necesitaría muy poco para conseguirlo. Otra sonrisa. O una caricia.

Sintió como si hubiera una llama entre ellos y como

si algo oscuro y agobiante la rodeara como si fuera una cadena. Como una promesa.

Theo posó la mirada de sus ojos color ámbar sobre ella y Becca sintió que no podía respirar.

—Tendrás que obedecerme —dijo él, sin piedad y con cierta satisfacción masculina en la mirada—. Completamente.

Capítulo 2

OBEDECERLO? –preguntó Becca, asombrada–. ¿Se refiere como si fuera un animal domesticado?

–Exacto. Como un animal domesticado –contestó él, y vio como se le oscurecían sus ojos color avellana. De pronto, se sintió intrigado. «Tendrá que ponerse lentillas para conseguir el tono verde esmeralda de los ojos de Larissa», pensó, ignorando el dolor que lo invadía por dentro–. Como si fueras un perro fiel.

–Es evidente que no alcanzó su puesto gracias a las ventas –dijo ella al cabo de un instante–. Porque su tono deja mucho que desear.

Theo no podía decidir qué era lo más sorprendente, el parecido de la chica con Larissa o la atracción que sentía hacia ella. Nunca había ardido de deseo con tan sólo mirar a Larissa. La había deseado, pero no de esa manera. No con todo el cuerpo, como si lo hubiese invadido la llama del deseo y no fuera capaz de controlarse.

Y sentir esas cosas mientras Larissa no estaba a su alcance, hacía que se odiara.

Era como si Becca lo hubiera infectado, aunque su dolor debía de haberlo inmunizado. No podía imaginar cómo podría transformar a aquella criatura asilvestrada en una versión creíble de su etérea y elegante Larissa. Pero él era Theo Markou García, de descendencia chipriota y cubana. Y había hecho cosas imposibles con muchos menos recursos. El hecho de que estuviera allí era la prueba de ello.

Y como no sabía perder, lo único que podía hacer era ganar lo que quedaba, tal y como había planeado.

—¿Qué sabes sobre tu prima Larissa? —preguntó él. Observó que el rostro de Becca se ensombrecía y que ella cerraba los puños antes de meter las manos en los bolsillos de su pantalón.

—Lo que sabe todo el mundo —contestó ella, encogiéndose de hombros.

Theo sintió lástima por ella. Sabía lo que esos puños significaban. Él también había cerrado los suyos alguna vez, como muestra de orgullo, rabia y decisión. Sabía perfectamente lo que ella sentía, esa extraña muy parecida a Larissa. Deseaba no tener que pedirle algo que sabía heriría su orgullo. Pero no tenía otra opción. Había vendido su alma mucho tiempo atrás y no podía abandonar. Y menos cuando estaba a punto de conseguir su objetivo.

—Que es famosa pero sin motivo en particular —dijo Becca—. Que tiene mucho dinero y que nunca ha tenido que trabajar para ganarlo. Que su mal comportamiento nunca tiene consecuencias. Y que por algún motivo, las revistas están obsesionadas con ella y la persiguen de fiesta en fiesta fotografiando sus proezas.

—Es una Whitney —dijo Bradford desde el otro lado de la habitación—. Los Whitney tienen cierta clase...

–Para mí es como una advertencia –contestó Becca, interrumpiendo a su tío.

Theo se fijó en su mirada fulminante y recuerdos de otra época invadieron su memoria. Sus propios puños, su tono de bravuconería...

–Cada vez que me tienta pensar que ojalá mi madre se hubiese quedado aquí, sufriendo, para que yo hubiese tenido la vida más fácil, abro la revista más cercana y recuerdo que es mucho mejor ser pobre que un parásito inútil como Larissa Whitney.

Theo puso una mueca. Oyó que Helen respiraba con dificultad y se fijó en que a Bradford se le había puesto el rostro colorado. Sin embargo, Becca sólo lo miraba a él, sin temor. Casi triunfante. Theo suponía que ella había soñado durante mucho tiempo con dar ese discurso. ¿Y por qué no? Sin duda la familia Whitney la había tratado muy mal, igual que a otras personas antes que a ella. Larissa incluida. Larissa especialmente.

Pero eso no importaba. Y menos a Theo. Tampoco a Larissa, que ya estaba perdida mucho antes de que él la conociera.

–Larissa se desmayó en la puerta de una discoteca la noche del pasado viernes –dijo Theo con frialdad–. Está en coma. No hay esperanzas de que se recupere.

Becca apretó los labios y Theo se fijó en que tragaba saliva, como si de pronto se le hubiese secado la garganta. Pero no apartó la mirada. Él no pudo evitar sentir admiración por ella.

–Lo siento –dijo ella–. No pretendía ser cruel

–negó con la cabeza–. No comprendo por qué estoy aquí.

–Te pareces lo suficiente a Larissa como para poder pasar por ella con un poco de ayuda –dijo Theo–. Por eso estás aquí.

No tenía sentido regodearse en su dolor ni en el pasado. Sólo debía pensar en el futuro. Le había dado a Whitney Media todo lo que tenía, y ya había llegado el momento de que se convirtiera en propietario y no continuara siendo un simple empleado. Si conseguía la participación mayoritaria de Larissa, se convertiría en la encarnación del sueño americano. De la pobreza a la fortuna, tal y como le había prometido a su madre antes de su muerte. Quizá no fuera tal y como lo había planeado, pero se parecía bastante. Incluso sin Larissa.

–¿Pasar por ella? –repitió Becca con incredulidad.

–Larissa tiene cierto número de acciones en Whitney Media –dijo Bradford desde el sofá, como si no estuviera hablando de su única hija–. Cuando Theo y ella se comprometieron...

–Pensaba que salía con un actor –dijo Becca sorprendida–. Ése que sale con todas las modelos y herederas.

–No deberías creer todo lo que lees –dijo Theo, y se preguntó por qué seguía defendiéndola si sabía que, si no hubiese salido con ese actor, habría sido con otro. O con los dos. Todavía no sabía en qué lugar quedaba él. Como un idiota, sin duda. Pero había tomado esa decisión mucho tiempo atrás. Si él deseaba lo que ella representaba, tenía que permitirle ser quien era. Y que hiciera lo que quisiera. Y eso había hecho. El fin siempre era más importante que los medios.

—Larissa le regaló a Theo una cantidad significativa de acciones –dijo Bradford–. Así, él conseguiría una participación mayoritaria en la empresa. Se suponía que era un regalo de boda.

—Creo que lo llaman dote –dijo Becca con mirada de disgusto–. Algo muy curioso, hoy en día.

—Era un regalo –contestó Theo–. No una dote.

—Las condiciones se explicitaron en el acuerdo prenupcial –continuó Bradford–. Theo recibiría las acciones en el día de la boda, o en el desafortunado caso de que ella muriera. Pero tenemos motivos para pensar que ella ha modificado su testamento.

—¿Y por qué iba a modificarlo? –preguntó Becca. Miró a Bradford y después a Theo.

—Mi hija lleva tiempo explotada por un indeseable –dijo Bradford–. Hay cierto aprovechado que haría cualquier cosa por conseguir las acciones de Larissa. Y creemos que lo ha conseguido.

—Ahí es donde entras tú –dijo Theo, lo bastante cerca de ella como para percibir el enfado en su mirada. Y para reaccionar ante ella. «Sexo», pensó, «se trata de sexo». No esperaba reaccionar así con aquella mujer.

—No puedo comprender por qué –dijo ella con frialdad–. ¿Qué puedo tener que ver con una situación que ya parece demasiado complicada?

—No podemos encontrar una copia de la nueva

versión de su testamento. Creemos que su amante tiene la única copia que existe.

–¿Y no puede pedirle que se la muestre, ya que la pobre chica está en coma? ¿Qué es esto, un drama?

–Quiero que finjas que eres Larissa –dijo Theo, porque no tenía sentido seguir con rodeos. Había demasiado en juego–. Quiero que lo hagas tan bien como para engañar a su amante. Y quiero que me consigas ese testamento.

Se hizo un largo silencio que Becca finalmente interrumpió.

–No –dijo ella.

–¿Eso es todo? –preguntó Theo, sin recordar cuándo había sido la última vez que alguien le había dicho que no–. ¿Eso es todo lo que tienes que decir?

–Desde luego que no es lo único que tengo que decir –contestó Becca–. Pero es todo lo que pienso decir. Está loco –miró a sus tíos y frunció los labios–. Todos están locos. Nunca me he alegrado tanto de que no quieran reconocerme como familia.

Se volvió con la cabeza bien alta y se acercó a la puerta sin mirar atrás.

Bradford y Helen pronunciaron unas palabras de enfado, pero Theo ni siquiera los oyó.

Ella era magnífica y, sobre todo, podría pasar por Larissa.

No estaba dispuesto a dejarla escapar.

Becca sabía que él la seguiría, así que no tuvo que volverse para saber de quién era la voz que le decía:

—¡Detente!

Una vez más, lo obedeció sin pensárselo.

—No tengo que obedecer sus órdenes simplemente porque usted quiera —dijo ella, como si no lo hubiera hecho—. No hay ningún acuerdo entre usted y yo.

—Me gusta tu sensibilidad —dijo Theo. Su voz grave provocó que ella se estremeciera. Sabía que permanecer de espaldas a él era un error, y que se arriesgaba a su destrucción.

Cuando se volvió, él estaba frente a ella con sus ojos brillantes y tan atractivo que ella no estaba segura de encontrar la manera de ponerse a salvo.

—Dudo que realmente quisiera halagarme —dijo ella—. Sospecho que únicamente lo hace cuando está preparándose para imponerse.

—La diferencia entre la persona que soy y la que crees que soy es que no tengo que imponerme para conseguir mi fin. Suele ser suficiente con mi voluntad.

—Siento estropearle el triunfo —murmuró ella—, pero prefiero mi voluntad a la suya.

—Estoy a merced de tu sentido práctico. Supongo que aparecerá antes de que cometas el gran error de salir por esa puerta.

—¿Sigue siendo parte de su discurso de ventas? No estoy interesada. Ustedes no son más que unos morbosos que esperan que esa pobre chica se muera...

—No sabes nada acerca de ella —la interrumpió—. Tampoco acerca de lo que pasa en esta familia o en esta empresa.

—¡No quiero saber nada de ninguno de ustedes!

—contestó ella, preguntándose por qué le molestaba tanto oír la verdad. Era evidente que él tenía razón. Ella no sabía nada de la familia que la había rechazado desde antes de su nacimiento—. ¡No quiero volver a pensar en ninguno de ustedes desde el momento en que salga por esa puerta!

Theo se acercó a ella y Becca supo que aquel hombre era el mismísimo diablo. Si no tenía cuidado, conseguiría ejercer sobre ella un poder que nunca le había permitido a nadie. Aun así, no retrocedió. Ni trató de protegerse como debía.

—La única persona en la que quiero que pienses es en tu hermana —dijo él.

—Siempre pienso en mi hermana, gracias —contestó ella.

—¿De veras puedes pasar por alto la oportunidad de asegurarle el futuro? —preguntó él—. ¿Y todo porque te apetece sentirte moralmente superior a la familia que te ha rechazado durante tanto tiempo?

Era un ataque directo al corazón y él lo sabía.

—¿A tu hermana le sirve de algo que te marches de aquí indignada? —preguntó con tono calmado—. ¿O crees que dentro de unos años te agradecerá que hayas salido de esta habitación negándole la oportunidad de estudiar?

Ella sintió que se le secaba la garganta y le ardían los ojos. Él tenía razón. Ella quería sentirse bien consigo misma, y ser mejor que ellos, pero deseaba que Emily tuviera un futuro feliz. Se lo había prometido a su madre.

¿Y no era por eso por lo que había ido allí? ¿Cómo podía echarse atrás sólo porque no le gustaban las condiciones? Desde un principio sabía que aquellas personas no le gustarían nada. ¿Por qué quería huir cuando le estaban confirmando que era así?

—Lo has dejado claro —dijo ella, cuando ya no podía soportar que la mirara ni un minuto más, como si supiera exactamente lo que estaba pensando, y sintiendo. Como si hubiese manipulado toda la situación para llegar a ese momento porque le convenía. Era el hombre más aterrador que había conocido nunca, porque era poderoso, pero también porque provocaba que ella quisiera derretirse a sus pies. Rendirse a los susurros que invadían su cabeza y fingir que él podría protegerla en lugar de aplastarla.

Pero ella nunca permitiría que eso sucediera. Aceptar la situación y emplearla para conseguir su propio fin no era lo mismo que rendirse.

—Quiero asegurar la educación de Emily —dijo ella—. Desde el primer curso hasta el doctorado, si es que desea hacerlo.

—Recibirás toda la herencia de tu madre —dijo Theo—. Todo lo que le quitaron, más los intereses desde el día que en que te dio a luz.

Becca se esforzó para no mostrarle cómo un sentimiento de culpa la invadía por dentro a pesar de que se repetía que no debía ser así, que Caroline había hecho una elección. Intentó mantenerse inexpresiva y contestó:

—Por escrito, por supuesto —le aclaró—. Comprenderá que no confíe en usted. Todo lo relacionado con la familia Whitney está mancillado.

–Mis abogados lo tienen todo preparado –contestó él–. Lo único que tienes que hacer es firmar.

Ella tenía la sensación de que se había perdido sin salirse del camino. Que estaba en un bosque oscuro y que no tenía esperanza de ver la luz.

Él la observaba con detenimiento y ella tuvo la sensación de que, si hacía aquello, si pasaba un segundo más en compañía de ese hombre, estaría completamente perdida.

Porque él la cambiaría. No sólo porque quería que se hiciera pasar por su prometida en coma, algo suficientemente cuestionable, sino porque él era demasiado oscuro y poderoso. Y demasiado diferente a lo que ella estaba acostumbrada. ¿Cómo podría manejar a aquel hombre? ¡Ni siquiera era capaz de manejar aquella conversación!

Pero pensó en Emily y supo que no tenía elección. Ella tenía la forma de liberar a su hermana. Y lo haría. Se lo había prometido a su madre, mirándola a los ojos mientras le sujetaba la mano en el hospital.

–Está bien –dijo ella–. ¿Qué quiere que haga?

Capítulo 3

CONFÍO en que hayas sido discreta –dijo Theo con indolencia una vez acomodado en el asiento trasero del coche que había ido a recoger a Becca al aeropuerto–. Tal y como acordaste en los papeles que firmaste.

Él le había dado veinticuatro horas para poner sus asuntos en orden.

Veinticuatro horas para asegurarse de que Emily podría quedarse con la familia de su mejor amiga mientras Becca se marchaba en un viaje de negocios, tal y como había hecho otras veces cuando Becca tenía que trabajar en un juicio. Veinticuatro horas para explicarle a su jefe que necesitaba tomarse unos días libres por motivos familiares y que no sabía cuándo regresaría.

No le gustaba mentir, pero ¿qué podía contarle a su hermana pequeña? ¿O al jefe que la había ayudado más de una vez mientras ella luchaba por criar a su hermana después de la muerte de su madre? ¿Cómo podía explicarles lo que estaba haciendo si ni siquiera ella lo comprendía? Veinticuatro horas para preparar una pequeña maleta, a pesar de que Theo le había dicho que le proporcionaría vestuario.

Cada vez que recordaba cómo había dado a entender que su ropa no era la adecuada para relacionarse con gente como ellos, se sonrojaba con rabia.

Tras veinticuatro horas estaba de regreso en Nueva York. Y esa vez para quedarse. Para convertirse en su prima, una mujer a la que siempre había despreciado.

Becca descubrió que veinticuatro horas no eran demasiadas para prepararse para un cambio de vida.

–No –dijo ella, fingiendo estar tranquila. Como si hubiese estado en una limusina un millón de veces–. He publicado varios anuncios en *Boston Globe* y he salido en la CNN para hablar de nuestro pequeño trato.

–Muy interesante –dijo Theo–. Estoy seguro de que tu sarcasmo te es muy útil en tu profesión.

–Normalmente me felicitan más por mi ética profesional que por mi ingenio –contestó Becca, entrelazando las manos sobre su regazo y forzando una sonrisa–. ¿Usted se convirtió en director ejecutivo de Whitney Media a base de hacer bromas estúpidas? Creía que ese tipo de poder estaba más relacionado con destrozar vidas y venerar al poderoso dólar sobre todas las cosas, incluyendo su propia alma.

–Sí –dijo él–, vendí mi alma. No me cabe duda. Pero fue hace tanto tiempo que ya no tiene importancia.

–Supongo que descubrirá que sólo las personas de su condición pueden ser desalmadas –contestó Becca–. El resto nos preocupamos, entre otras cosas, por ser humanos.

Su intención había sido enviarle un jet privado, pero Becca había insistido en tomar un vuelo comercial. Al fin y al cabo, era la última oportunidad que tendría de hacer algo normal durante algún tiempo. Y probablemente también fuera su última oportunidad de rebelarse.

Durante el vuelo había tenido tiempo de pensar en lo que estaba a punto de hacer. Se adentraría en el mundo de los Whitney para asegurar el futuro de su hermana y cumplir la promesa que le había hecho a su madre. Pero sería más que eso. Demostraría, de una vez por todas, que era mejor no tener relación con ellos. Y no volvería a torturarse pensando en cómo habría sido su vida si su madre se hubiese quedado en Nueva York, o si el gran sacrificio que había hecho Caroline había sido en vano. Nunca más tendría que volver a preguntárselo.

Casi podía sentir la satisfacción por adelantado.

En la zona de recogida de equipajes la esperaba un conductor con un cartel con su nombre. El hombre agarró su maleta y la acompañó hasta el elegante vehículo que la esperaba junto a una señal de prohibido aparcar.

Becca no esperaba que Theo estuviera dentro del coche, acomodado en el asiento de atrás y vestido con un traje oscuro que resaltaba su cuerpo musculoso. Seguía siendo demasiado peligroso e inquietante. A Becca se le cortó la respiración y, al ver la mirada de sus ojos color ámbar, se estremeció.

Pero preferiría morir antes que mostrar su reacción ante la idea de estar a solas con él en un lugar cerrado.

Sin embargo, pensaba que moriría de todas maneras, a juzgar por el latido salvaje de su corazón y el temblor de sus piernas. Deseaba creer que su reacción se debía a su temor de enfrentarse a un mundo en el que tendría que aprender a vivir. El mundo que había atrapado a su madre para escupirla después. Quizá, en el fondo supiera que podría conquistarlo, pero primero tendría que sobrevivir a él.

Theo la miró un instante y comentó:

—No puedo imaginar cómo has podido llegar a tener esa opinión sobre mí. Acabamos de conocernos.

—Causa impresión —dijo Becca, deseando que no fuera verdad.

—Se supone que has de estar impresionada —dijo él con ironía—. Si no sobrecogida.

—Lo estoy —contestó Becca, tratando de recordar quién era ella y por qué estaba allí—. Aunque a diferencia de sus subordinados habituales, supongo, estoy más asombrada por su vanidad y arrogancia que por su supuesta magnificencia.

Él sonrió y comentó:

—Y renombrada.

Su mirada se volvió más cálida y Becca sintió que una ola de calor la invadía por dentro. Se preguntó cómo sería si él no fuera uno de ellos. Si no fuera el enemigo. Si esa mirada significara algo de verdad. Pero eso era ridículo.

Theo se movió una pizca en el asiento. Estaba demasiado cerca.

—Es una lástima que hayas elegido odiar de manera indiscriminada a todo el que vas conociendo en esta aventura, Rebecca.

—Es Becca —dijo ella, ignorando que se le había acelerado el pulso—. Y yo no llamaría *indiscriminado* a mi sentimiento hacia la familia Whitney ni hacia nadie que tenga una relación cercana con ellos. Creo que es una respuesta razonable hacia quienes son. Y también es sentido común.

Hubo una pequeña pausa llena de tensión.

—Todo el mundo es más complicado de lo que aparenta en la superficie —dijo Theo—. Hará bien en recordarlo.

—Yo no soy nada complicada —contestó Becca, acomodándose en el asiento y cruzando las piernas—. Lo que ves es exactamente lo que hay —añadió al ver que Theo miraba con disgusto sus pantalones vaqueros viejos y sus botas.

—Santo cielo —dijo Theo, mirándola de arriba a bajo—. Espero que no.

Becca sintió que se le ponían los pelos de punta, pero sonrió.

—¿Así es como va ganándose a la gente? —le preguntó—. Porque he de decirle que debe trabajar su manera de entablar relaciones.

—No tengo que ganarte —dijo él, mirándola fijamente con una sonrisa—. Ya te he comprado.

Theo vivía en un ático de dos plantas en Tribeca. Al salir del ascensor más lujoso que Becca había visto jamás, la guió hasta un recibidor privado de mármol que daba a otra entrada y que estaba decorado con unas estanterías de obra que contenían libros de arte y diversos objetos. La entraba daba a una gran sala de gran altura que tenía unas ventanas en forma de arco que daban a una gran terraza con vistas a la grandiosa Manhattan.

Ella nunca se había sentido tan distante del pequeño apartamento que poseía en un barrio no tan bueno de Boston.

De algún modo, la mansión de los Whitney le había resultado más fácil de aceptar. Su madre le había contado historias sobre su infancia allí y sobre los veranos que pasaban en la casa de Newport, Rhode Island, así que, quizá, Becca esperaba encontrar castillos modernos en la Quinta Avenida. Además, toda esa opulencia formaba parte de la herencia de la familia Whitney desde los días de gloria de sus amigos y contemporáneos de la aristocracia la época dorada, los Carnegie, los Rockefeller y los Vanderbilt.

Pero aquello era diferente. La gente real no vivía de esa manera.

Sin embargo, Theo parecía sentirse como en casa. Estaba hablando por el móvil y murmuraba algo en voz baja mientras paseaba por la elegante habitación.

Becca estaba segura de que todo lo había diseñado y elegido él, desde las alfombras orientales hasta los muebles. El sofá estaba en una esquina, frente a la chimenea y a las maravillosas vistas. También había cuadros en las paredes y las estanterías estaban llenas de libros, esculturas, cajitas y otros objetos. Opulencia allí donde miraba.

¿De veras esperaban que se quedara allí? ¿Con un hombre que paseaba por aquella habitación como si fuera un lugar corriente que no merecía su atención? Un escalofrío recorrió su espalda y provocó que se le pusiera la piel de gallina. ¿En quién se habría convertido cuando terminara todo aquello? Porque sabía que su estancia allí la cambiaría para siempre. ¿En quién se convertiría cuando terminara de hacerse pasar por Larissa?

«Serás tú misma», se recordó. «Y por fin habrás asimilado que esa gente no es importante para ti».

–Muriel te enseñará tus aposentos –dijo él, volviéndose hacia ella.

Becca tragó saliva y miró a la mujer que había entrado en la habitación por una puerta que había a la izquierda. ¿La cocina? ¿La zona de los sirvientes? Todo era posible.

–Tengo que atender unas llamadas, pero vendré a buscarte en cuarenta y cinco minutos –dijo Theo, con un tono profesional, diferente al que había empleado en el coche o en la mansión de los Whitney.

Ella frunció el ceño.

–Bien –contestó, demasiado confusa como para decir nada más. ¿Por qué iba a considerar Theo que aquella situación era otra cosa y no un asunto de negocios? Después de todo, ¿no era ella quien se había imaginado que anteriormente su mirada se había vuelto cálida?

Theo la miró de arriba abajo y ella cerró los puños al sentir que su corazón se aceleraba.

—El primer asunto a tratar será tu cabello —dijo él, entornando los ojos al mirarla.

Becca se tocó la cola de caballo que se había hecho. Recordó que Larissa era famosa por su melena rubia teñida y, aunque no había pensado en los detalles de lo que se disponía a hacer, comprendió que teñirse el cabello tenía sentido.

—¿Me va a teñir de rubia usted mismo? —le preguntó ella, imaginándose sus fuertes manos sobre el cuero cabelludo.

—Te convertiré exactamente en lo que tienes que ser —dijo él, como si hubiese escuchado el peor de sus temores—. La pregunta es si podrás resistirlo.

—Puedo resistir cualquier cosa —contestó.

—Ya lo veremos, ¿no crees?

Y con esas palabras, Theo Markou García se marchó, dejando a Becca abrumada en medio de aquella habitación.

—Acompáñeme —dijo Muriel, sacando a Becca de su ensimismamiento.

«Rubia es una amenaza aún mayor», pensó Theo con resignación.

Entonces, se preguntó por qué había empleado esa palabra. *Amenaza.* ¿Cómo podía suponer una amenaza? Era Theo Markou García y ella... Ella sería aquélla en la que él la convirtiera. Miró a la chica que estaba sentada frente al espejo de la habitación de invitados dónde la había acomodado. Ella estaba mirando su reflejo con la mirada oscura de sus ojos verdes. Parecía frágil y un poco inquieta, como si no supiera dónde se había metido.

Pero sobre todo, se parecía a Larissa.

Françoise era una peluquera excelente y sumamente discreta. Además, Theo le había pagado una cantidad extra para asegurar su silencio. El cabello de Becca era una sinfonía de tonos rubios, que acentuaban su parecido con Larissa.

Larissa, pero con fuego y emoción en la mirada. Larissa, pero mucho más viva. Más alerta. Sin la mirada sombría.

Quizá tuviera la nariz más fina. Su mentón era un poco más prominente y sus labios más carnosos. Pero había que fijarse mucho para ver las diferencias. Si él no supiera que no era así, habría pensado que aquélla era Larissa Whitney en persona.

Nadie miraría a aquella mujer y pensaría que no era la verdadera. Porque nadie veía lo que no esperaba ver. Theo lo sabía mejor que nadie. Cuando conoció a Larissa, ella pensó que llevaba a casa al tipo de hombre que sus padres odiarían, como un gesto más de rebeldía. Ella no tenia ni idea de lo ambicioso que era Theo. No en un principio.

—El parecido con ella es extraordinario —dijo él, porque llevaba mucho tiempo mirándola y notaba que Becca intentaba ocultar su nerviosismo. Incluso se compadecía de ella. Recordaba lo nervioso que se había puesto cuando Larissa se fijó en él para elegirlo después, y lo helado que se había quedado cuando por fin comprendió que sólo quería utilizarlo para horrorizar y enfurecer a Bradford. Y también lo mucho que le había costado convertirse después en el favorito de Bradford. Ella nunca se lo había perdonado.

Theo se veía reflejado en el espejo, merodeando detrás de ella como un animal. Negó con la cabeza. Así era como Larissa lo había hecho sentir, como un canalla maleducado. Pero ella no era Larissa. Era sólo una copia, y esa mujer no tenía por qué ser más considerada que él. Menos, quizá, puesto que en Manhattan los amigos se hacían por dinero, sobre todo cuando iba emparejado con el poder y la sangre azul.

Cómo deseaba que aquella mujer fuera real. Y que fuera suya.

–Nunca me había dado cuenta antes –dijo Becca, moviendo la cabeza de lado a lado.

Él habría pensado que estaba tranquila de no ser por cómo movía la rodilla con nerviosismo. «Un tic que tendremos que erradicar», pensó él. Larissa nunca había sido nerviosa.

Theo odiaba la idea de que ella estuviera en coma, y que ya se hablara de ella en pasado. Le parecía terriblemente injusto que esa mujer, la que se hacía pasar por ella, fuera tan enérgica cuando Larissa no podría volver a serlo nunca más. Que Becca estuviese liberada de todo lo que había aplastado y arruinado a Larissa. Que se pareciera tanto a lo que Larissa había sido mucho tiempo atrás, cuando él la vio por primera vez y, en cualquier caso, a como él había pensado que era antes de conocerla de verdad.

–Me cuesta creerlo –dijo él–. Larissa es una célebre belleza mundial. Por tanto, con tu constitución y el parecido que tienes con ella, tú también lo eres.

Ella lo miró a través del espejo.

—Resulta que soy una mujer diferente —arqueó las cejas como retándolo.

Y a pesar de todo, él la deseó.

—Mi vida nunca ha tenido, ni tendrá, nada que ver con mi parecido a Larissa Whitney. De hecho —dijo volviéndose para mirarlo—, te contaré un pequeño secreto. En la mayoría de los lugares, Larissa Whitney es el remate de un chiste.

—Te sugiero que no cuentes el chiste aquí —dijo Theo, y se percató de que a Becca se le sonrojaban las mejillas.

Una ola de deseo lo invadió por dentro, porque Larissa nunca había reaccionado ante él. Ella lo toleraba, lo alejaba de su lado y fingía ser amable si había gente delante, pero nunca reaccionaba ante él. No como una mujer debía responder ante un hombre. No de esa manera.

Pero él no podía permitirse pensar en ello.

No debería desear a ese fantasma. Era la peor de las traiciones. ¿No le había prometido a Larissa que nunca la trataría de ese modo, hiciera lo que hiciera? ¿Independientemente de cómo lo tratara él? ¿Qué tipo de hombre era para ignorar todo eso? Becca sólo podía interesarle por lo que su rostro podía ofrecerle, por lo que él merecía después de todos esos años de juegos y promesas rotas por parte de Larissa. Pero su cuerpo no le prestaba atención. Para nada.

–¿Ya no hay vuelta atrás, no es así? –preguntó Becca–. Me has convertido en ella. Enhorabuena.

Theo esbozó una sonrisa.

–He pedido que te peinen y te tiñan como a ella –la corrigió–. No nos adelantemos. También está el asunto de tu vestuario y, por supuesto, tu historia personal.

–Me duele decir esto pero, en lo que a genética se refiere, soy a Whitney como ella. Lo único es que a mí no me han servido durante toda la vida.

–Pero a ella sí –dijo él con brusquedad–. Y ésa es una de las mayores diferencias que tenemos que pulir si vas a pasar por ella. Larissa asistió a Spence y Choate, y después a Brown. Pasó los veranos navegando en Newport, cuando no estaba viajando por el mundo. Tú no has hecho nada de eso –se encogió de hombros–. No es un juicio de valor, ya sabes, es una realidad.

–Es cierto –dijo Becca. Empezó a mover la rodilla otra vez y, como si no pudiera soportar que él la viera, se puso en pie, moviendo la cabeza para retirar su cabello rubio de su rostro, con un gesto tan parecido al de Larissa que Theo suspiró. Sin embargo, la manera de arquear las cejas y su manera retadora de mover la cabeza, eran de Becca.

–Mi madre falleció tres días después de mi decimoctavo cumpleaños –dijo ella sin emoción en la voz–. Mi hermana y yo consideramos que fue una suerte porque, si yo no hubiese tenido dieciocho años, la habrían apartado de mi lado. Yo tuve que arreglármelas para cuidar de Emily porque nadie más iba a hacerlo. Desde luego, no Larissa o su familia, que podían habernos salvado pero eligieron no hacerlo. Quizá estaban demasiado ocupados navegando en Newport.

Sus palabras de repulsa permanecieron en el aire, y Theo deseó cosas que no podía tener. Igual que las había deseado siempre, aunque había hecho lo posible para que nada, ni nadie, estuviera fuera de su alcance otra vez. Deseaba quitarle el dolor. Rescatarla de la familia Whitney. Del pasado. Y no importaba, porque ella no era Larissa, y Larissa nunca se lo había permitido. Ella se habría mofado de la idea.

–Probablemente no les importaba –dijo Theo con frialdad.

Observó que ella empalidecía y se tambaleaba ligeramente y, durante un instante, se aborreció a sí mismo, porque si alguien podía comprender la complejidad de su amargura, era él. Y lo hacía. Pero había cosas más importantes en juego. No podía perder de vista su objetivo. Nunca lo había hecho, no desde su infancia desesperada en uno de los peores barrios de Miami. Ni siquiera cuando le habría servido para salvar su relación con Larissa. Una vez que consiguiera las acciones, se convertiría en propietario. Sería uno de ellos. Sería algo más que un contratado. Por fin. Haría cualquier cosa por que aquello se convirtiera en realidad.

–Igual que a mí no me importa –continuó–. Esto no es un foro de tus quejas contra la familia Whitney. No es una sesión de terapia.

—Eres un cerdo —soltó ella.

Theo pensó, con cierto humor negro, que en eso era igual que Larissa.

—No me importa lo que pienses sobre los privilegios de tu prima, ni de su mimada existencia, ni de su familia —dijo él, asegurándose de que no cabía duda de cómo estaban las cosas. «Comienza igual que piensas continuar», se dijo, y no podía permitir que aquella mujer lo manipulara. Haciendo que él se preocupara por ella. Era lo que había hecho Larissa y así había terminado—. Estoy seguro de que su riqueza y falta de cuidado te ofenden. No importa. Lo único que importa es que te conviertas en ella, y yo no puedo hacer eso si pierdes el tiempo contándome lo valiosa que ha sido tu vida comparada con la suya, y lo mucho que has luchado. No me importa. ¿Lo comprendes?

—Perfectamente —dijo ella, con la tez pálida pero un brillo especial en su mirada.

«Odio», pensó él. Ninguna novedad.

Lo que sí era una novedad era que él deseara tanto cambiarlo.

—Estupendo —dijo él, y sonrió una pizca. Como si no tuviera la necesidad de disculparse, de hacer que se sintiera mejor o de hacerla comprender. Como si de verdad fuera el monstruo intimidante que, sin duda, ella creía que era. ¿No había hecho todo lo posible para que así fuera?—. Empecemos.

Capítulo 4

DEBES de quererla mucho –dijo Becca una semana más tarde, durante el desayuno. Hablar no era su intención, pero lo había hecho y sus palabras flotaban en el aire rellenando el espacio entre ambos–, para estar dispuesto a llegar tan lejos para recrearla. Como a la novia de Frankenstein –continuó ella, mientras las estufas caldeaban el ambiente frío del mes de marzo.

–¿Te estoy remendando a base de trocitos? ¿El cuerpo por aquí, un par de brazos por allí? –preguntó Theo sin levantar la vista de la pantalla del ordenador portátil que llevaba a todos sitios–. Creo que el resultado final será un poco más atractivo y delicado que el de Frankenstein.

Una vez más, sus palabras indicaban que bajo aquel oscuro e impenetrable atractivo masculino había un hombre con sentido del humor. A veces, Becca pensaba que despertaría una mañana creyéndose Larissa Whitney.

–Encórvate –dijo él, mirándola de reojo mientras tecleaba en el ordenador–. Larissa no se sentaba tan derecha, como si fuera una estudiante demasiado entusiasta. Estaba harta. Aburrida. Se recostaba y esperaba a que la sirvieran.

Becca arqueó la espalda y se acomodó en la silla como si fuera un pachá. Igual que él.

–Parece encantadora –dijo ella–. Como siempre.

Había sido una semana larga.

Becca no era actriz y nunca había intentado serlo así que, quizá, aquello era una parte del trabajo de actor que ella nunca había tenido en cuenta. Se había sorprendido al descubrir que Theo quería que ella conociera todos los aspectos de la vida de Larissa como si en cualquier momento pudieran preguntarle.

–No recuerdo quiénes eran mis amigas en sexto –protestó más tarde, sentada frente a los montones de notas, fotografías, papeles y anuarios que Theo le había sacado para que revisara y que estaban extendidos sobre la mesa de caoba que había en la biblioteca.

Theo estaba sentado en una de las butacas de cuero que había junto a la chimenea de piedra, jugando con un globo terráqueo.

–Sospecho que lo harías si entre tus amigas estuvieran las Rockefeller, algunas estrellas de cine y miembros de la realeza europea.

¿Cómo podía discutírselo? Becca apretó los dientes y comenzó a leer lo que él había colocado frente a ella, descubriendo uno a uno los aspectos de la vida de Larissa Whitney. Intentó no fijarse en que su vida parecía un sueño para alguien como ella. Viajes por Europa, vacaciones en Hawái y ranchos de lujo junto a las montañas Rocosas. Estancias en las Maldivas por Semana Santa, fiestas de fin de semana en los Hamptons. Fiestas de Año Nuevo en las mansiones de Cape Cod y vacaciones con la familia en la casa de la playa que tenían en Newport. Equitación, clases de baile, de inglés, de francés e italiano con profesores particulares... Puro lujo servido en bandeja de plata. Una y otra vez.

Becca era un año o así más joven que Larissa, y cuanto más leía sobre cómo se había criado su prima, más le costaba seguir en la brecha. Pero lo hizo.

Los días se convirtieron en una rutina. Se levantaba temprano para desayunar con Theo, después pasaba una hora en el gimnasio privado, situado cerca del despacho de Theo en la primera planta del ático, con el entrenador personal más sádico posible: Theo en persona.

—Estoy en perfecta forma física —dijo ella, cuando él le mandó que levantara más peso antes de hacer otra serie de carrera en la cinta de correr. Becca había llegado a odiar la cinta de correr.

—Nadie lo discute —dijo él. Su manera de mirarla hizo que ella deseara llevar una capa larga en lugar de un top y un pantalón corto.

Becca sintió que su cuerpo reaccionaba y que se le erizaba el vello.

—No estamos hablando de nuestra realidad. Estamos hablando de la estética exigida en los círculos en los que se mueve Larissa.

—¿Te refieres a esos círculos donde no se come y se consumen todo tipo de drogas caras? —contestó ella.

–Larissa solía hacer de modelo en su tiempo libre, Rebecca –dijo él, en tono cortante, como mofándose de ella por creer que tenía derecho a opinar–. No sé si últimamente has mirado las revistas de moda pero, por desgracia, la imagen preferida es la de las chicas escuálidas. Tú no estás lo suficientemente delgada.

–Me llamo Becca –dijo ella, jadeando a causa de la mezcla de ejercicio, rabia y la presencia de Theo, vestido con pantalón corto y una camiseta apretada que resaltaba sus músculos.

–Corre más deprisa –le aconsejó él–. Y habla menos.

Era un hombre imposible y exasperante. Ésa era la conclusión a la que había llegado durante la primera semana en su compañía constante. Horas interminables de estudio sobre la vida de Larissa, tardes dedicadas al maquillaje y al vestuario, en las que tenía que probarse la ropa de Larissa, demasiado pequeña, descocada y estrafalaria para Becca.

–Este vestido me queda ridículo –murmuró en una ocasión–. ¿Dónde se puede ir con esto?

–Es un vestido hecho a medida por Valentino –le había contestado Theo arqueando las cejas, como si estuviera sorprendido por que Becca no lo hubiese sabido.

–No me importa lo que sea –contestó Becca sonrojándose. Una vez más había demostrado que era una provinciana aunque nunca lo admitiría. Nunca. Ella lo miró a través del espejo del vestidor de la habitación de invitados–. Es muy feo.

–Tu trabajo no es elegir las prendas que te gustaría ponerte durante un día en tu vida –contestó Theo, con ese tono que hacía que ella deseara obedecerlo, complacerlo, casi tanto como deseaba salir corriendo de su lado.

Él se acercó a ella y se colocó detrás.

–Porque ese día sería peor que enfrentarme a la muerte –dijo ella, fingiendo que no había notado el calor que desprendía su cuerpo al estar tan cerca. Ni cómo se le habían endurecido los senos y cómo le ardía la piel. Se odiaba por tanta debilidad.

–La idea es observar un vestido como éste y tratar de comprende el arte de su creación –dijo él, acercando la cabeza a la de ella. El brillo de su mirada la hizo creer que él no era lo que parecía. Que no era otro de los acólitos de la familia Whitney.

–Larissa tenía mucho estilo propio. Tú no tendrás que vestirte sin ayuda, pero comprender lo que le gustaba te ayudará a comprenderla a ella.

–Lo único que comprendo es que la gente rica tiene el tiempo y el dinero para elegir ropa para aparentar en lugar de para un propósito, como vestirse sin más.

–Eligen vidas enteras sólo para aparentar –dijo Theo, mirándola a los ojos–. Porque pueden.

–Y cuando hablas de *ellos*, también te refieres a ti –susurró ella, desesperada por parecer feroz y no sólo desafiante.

–Estás aquí para entender a Larissa –dijo él–. No a mí. Y no deberías intentarlo. Dudo que te guste lo que vas a encontrar.

¿Qué quería decir? ¿Qué durante un instante ella había deseado ser Larissa para él?

Era más fácil cuando él estaba atendiendo a sus múltiples tareas como director ejecutivo de Whitney Media, encerrado en el despacho de casa que tenía ascensor propio, de forma que las numerosas reuniones podían celebrarse sin que nadie se sentara al otro lado del recibidor mientras ella aprendía a ser una dama aburrida e insulsa de la alta sociedad que se suponía estaba ingresada en un centro de rehabilitación, a salvo de los periodistas.

Pero la falta de accesibilidad de Larissa no servía para evitar que en los periódicos se especulara sobre su desmayo en público. Habían contratado a médicos, que nunca la habían tratado, para que opinaran sobre el proceso del tratamiento. Y habían publicado varias de sus fotos más vergonzosas bajo llamativos titulares que supuestamente expresaban preocupación. Becca estaba casi tentada de sentir lástima por la pobre chica. Casi.

Becca pasaba muchas horas en casa paseando de un lado a otro como un fantasma. La presencia de Theo la inquietaba y la enfurecía, pero no podía negar que se le aceleraba el corazón cada vez que él regresaba a su lado. Estaba deseando que llegara ese momento, y las noches durante las que aprendía modales para cenar con la realeza. Cómo levantarse, cómo sentarse, cómo reírse, y cómo aparentar indiferencia de un modo educado. Cada vez esperaba con más ilusión el momento de dialogar con él, mucho más de lo que debería. Más de lo que estaba dispuesta a admitir, incluso a sí misma.

Había algo en su carácter oscuro que la atraía, por mucho que ella quisiera negarlo. Algo que la inquietaba y que la mantenía despierta hasta altas horas de la noche, moviéndose en aquella cama lujosa en la que no conseguía sentirse cómoda. Algo que parecía convocarla, y que sonaba como una melodía que ella había estado esperando cantar durante toda su vida.

«No seas ridícula», se dijo, cuando el sonido de los coches y las sirenas que provenía de las calles de Nueva York la hizo volver a la realidad de aquella mañana, en la terraza. «Ese hombre está enamorado de su prometida, una mujer que está en coma. Y tú estás teniendo síntomas del síndrome de Estocolmo».

—Lo tuyo es verdad —dijo en voz alta, sin pensar en las consecuencias. Como si no tuviera que pagar el precio por su estupidez.

—¿El qué? —preguntó él sin mirarla, mientras seguía tecleando en el ordenador.

—La amas —se fijó en el perfil de su atractivo rostro, en su mentón masculino y en su cabello oscuro—. Amas a Larissa.

Él la miró fijamente.

—Era mi prometida —le dijo, con ese tono cortante que significaba que era mejor que se callara. Él estaba perdiendo la paciencia.

Pero ella no consiguió hacerlo. Había algo formándose en su interior que no podía comprender qué era, pero que hacía que sintiera ganas de provocarlo y ni siquiera sabía por qué. Porque ella no podía, y no quería, desear a aquel hombre de ese modo. No de la manera en que él deseaba a Larissa, su princesa perfecta.

—Ella tenía un amante —le dijo sin temer las consecuencias—. ¿Qué crees que él siente por ella?

Theo cerró el ordenador portátil con cuidado. Becca tragó saliva y dejó la cucharilla sobre el plato. ¿Qué le estaba pasando? ¿Por qué estaba tan decidida a provocarlo? ¿Por qué estaba tan desesperada por competir con una mujer que no conocía, pero a quien se parecía cada vez más?

Se estremeció y se le erizó el vello de los brazos y la nuca.

—Tendrás que preguntarle a él lo que siente —dijo Theo—. Por lo que yo sé, Chip van Housen nunca ha amado nada, ni siquiera a sí mismo.

—Lo conoces —dijo ella.

Theo se encogió de hombros.

—Lo conozco desde hace años. Se crió en el mismo círculo social de Larissa, influyendo negativamente en ella siempre que fue posible.

Becca pensó que no hablaba como un hombre que había sido traicionado. Estaba demasiado calmado. Demasiado contenido.

—Qué mentalidad más moderna tienes para tolerar su relación con tanta facilidad —dijo ella, y se quedó de piedra cuando él la fulminó con la mirada. Tenía la boca torcida, el cuerpo tenso, y en ese instante, ella supo que aquél era el verdadero Theo Markou

García. Eso era lo que él ocultaba bajo su pulida imagen y las exageradas muestras de riqueza. Ese hombre... Elemental y eléctrico, salvaje y peligroso.

Ella debía tenerle miedo. Debía estar aterrorizada. Sin embargo, se sentía viva. Entusiasmada. ¿Y qué decía eso de ella? ¿Qué significaba? Temía saberlo.

—No soy nada moderno —dijo él—. Pero hace tiempo aprendí a escoger mis batallas. Tú deberías hacer lo mismo.

—¡Esto es ridículo! —exclamó ella varias noches después, retirándose de golpe de la enorme mesa del comedor.

Theo la observó y se fijó en el movimiento de sus caderas, tan diferentes a las de Larissa. Prácticamente podía ver la frustración que sentía emanando de su piel, y no pudo evitar que su cuerpo reaccionara ante ella. Becca era como una llamarada. Se movió en su silla con inquietud.

—Te lo he dicho muchas veces —comenzó a decir, pero ella se volvió para mirarlo. Llevaba un vestido largo color chocolate que resaltaba los rasgos de su rostro y sus labios carnosos.

—No haces más que decirme cosas —lo interrumpió—. Cómo caminar, cómo mantenerme de pie. Cómo respirar. Y yo me lo estoy pasando de maravilla siguiéndote el juego, pero es demasiado.

—¿La cena? —preguntó él, mirando la gran cantidad de bandejas de plata donde habían servido la comida. Ella respiraba de forma agitada y estaba muy nerviosa–. Le notificaré al cocinero que no te ha gustado.

–La comida es perfecta –dijo ella con un suspiro–. Siempre lo es. Estoy segura de que tú exiges que sea así.

Era cierto, por supuesto, pero a Theo le dio la sensación de que ella hablaba como si hubiera descubierto un fallo en él. No sabía por qué le molestaba que ella encontrara mil fallos en él. ¿Por qué tenía que afectarle cualquier cosa que ella dijera o hiciera? Sin embargo, así era. Y cada día que pasaba más, cuando debía considerarla tan sólo como a una empleada. Se recostó en la silla.

–Estábamos conversando sobre el teatro y los eventos locales –dijo él–. No tiene sentido que te pongas así. Podías haber cambiado de tema si ya te habías aburrido de él.

A Becca se le ensombreció el rostro y, cuando lo miró, a él le pareció ver una expresión de tristeza.

–¿Qué sentido tiene todo esto? –preguntó ella–. ¿Por qué intentas convertirme en una doncella victoriana? Creo que ambos sabemos que Larissa no era así para nada.

–¿De veras? –la encontraba cautivadora y no podía justificarlo. No era porque se pareciera mucho a Larissa, si no porque cuanto más se parecía a su prima, más le costaba a él centrarse en otros aspectos que no fueran aquéllos que la hacían única.

Ella se acercó a la mesa otra vez, como atraída por una fuerza extraña. Él se sentía del mismo modo cuando la miraba, pero no podía dejarse llevar. Ella no merecía que la arrastrara a aquella locura, igual que Larissa merecía algo más que aquel momentáneo abandono, su inesperada atracción por otra mujer, cuando él le había prometido portarse mejor. Mucho mejor de lo que ella se había portado.

—Te comportas como si Larissa fuera tremendamente remilgada —dijo ella—. ¿Es eso lo que piensas? Porque no se desmayó en la puerta de la discoteca por accidente, Theo. Y es famosa por sus noches de fiesta salvajes y no por sus cenas íntimas y elegantes.

Él se fijó en que ella había mencionado su nombre. ¿Lo había hecho antes?

—No la conoces —dijo con tono cortante.

—¿Y tú? —preguntó ella—. ¿O me estás convirtiendo en la fantasía de quien tú creías que debería haber sido? ¿En quien tú querías que fuera?

Sus palabras no deberían haberlo afectado tanto como lo hicieron. Ella era demasiado mordaz, demasiado intuitiva. Era como si el comedor hubiese encogido de tamaño y sólo resaltara la manera en que ella lo miraba, como si conociera todos sus secretos, y se sintiera dolida.

A pesar de todo, él la deseó aún más.

—¿Tiene importancia? —preguntó él, tratando de mantener la calma—. Mientras tú consigas lo que quieres, ¿qué más te da qué versión de ella te haga representar?

Ella negó con la cabeza como si tratara de contener un incómodo sentimiento, peor él no comprendía por qué. Ella era la única que escaparía indemne cuando todo aquello terminara, cuando Theo celebrara su victoria. Todo ello sin el mayor premio de todos. Pero él sabía que aunque Larissa estuviera viva, aunque ella se hubiera casado con él como prometió, nunca habría sido suya de verdad. Hacía mucho tiempo que habían arruinado esa posibilidad.

—¿No consideras suficiente ser director ejecutivo? —preguntó ella—. ¿También has de convertirte en el dueño de la empresa?

Theo se puso en pie y se acercó a ella. ¿Por qué deseaba tocarla cuando sólo debía dejarle las cosas claras? ¿Por qué le costaba tanto recordar cuál era su lugar?

—Lo sabes todo sobre mí, ¿no es así? —no podía mantenerse a una distancia adecuada de Becca. Se sentía atraída por ella, y por la perspicacia de sus ojos color avellana. Por el dolor de lo que nunca podría tener, ni con aquella mujer ni con la mujer a la que tanto se parecía. De las cosas que había sacrificado al servicio de su ambición—. Me has juzgado y has dictado sentencia.

—¿Por qué no puedes dejar tranquila a la pobre chica? —preguntó ella, casi con desesperación, pero había cierto tono en su voz que él sabía que se debía a su cercanía.

Él también percibía la energía que se formaba entre ambos. Y estaba a punto de olvidar por qué debía ignorarla. Traicionando a Larissa, a sí mismo, y a las promesas que había hecho, estiró la mano y agarró a Becca por el brazo. Notó que ella se estremecía tras el contacto.

Como si lo percibiera como un hombre. Un hombre de verdad. No una oportunidad para ganarle la batalla a un padre autoritario.

–Larissa no es quien tú crees que es –dijo él, como si considerara importante que ella lo comprendiera.

Becca miró su mano durante un largo instante y, después, posó la vista sobre sus ojos.

–Sé más acerca de Larissa Page Whitney que de mí misma –dijo ella, arqueando las cejas–. Pero no sé nada sobre ti.

–Estoy seguro de que en Internet podrás leer artículos interminables sobre mi persona –dijo él, acariciándole la piel suave. Poniendo a prueba su límite. Y la manera de reaccionar de ella. Inclinó el rostro, atrapado por la manera en que sus labios brillaban por el calor–. Si de pronto te encuentras tremendamente aburrida y necesitada de un pequeño entretenimiento.

–No quiero averiguar nada acerca del director ejecutivo de Whitney Media –susurró ella–. Quiero saber cosas sobre ti.

Él estaba muy cerca. Con sólo inclinar la cabeza podría besarla, por fin. No recordaba ni un momento en que no la hubiera deseado desesperadamente. A ella. No a Larissa. Pero ¿cómo podía ser si Larissa había sido lo único que había deseado desde hacía años? Sin embargo, no podía detenerse a pesar de que sabía que debía hacerlo.

Posó los labios sobre su mejilla y percibió el tacto sedoso de su piel. Sabía a vainilla y crema, y su sabor llegó directamente a su miembro. Ardía de deseo. Y se había olvidado de todas las mujeres excepto de aquélla.

–Pregúntame lo que quieras –dijo él, con la boca tan cerca de la de ella que podía sentir el calor de su interior.

–¿A quién estás besando? –preguntó ella.

Él levantó la cabeza una pizca y vio que la mirada de sus ojos color avellana era intensa y valiente.

–¿A ella o a mí?

Capítulo 5

THEO tenía aspecto de haber recibido una bofetada. Ella se sentía como si se la hubiera dado.

Él dio un paso atrás y retiró la mano de su brazo. El contraste entre la cálida temperatura de su mano y el aire frío del comedor, fue como un castigo. A Becca le ardía la mejilla donde él la había besado y sintió que ese calor penetraba en lo más profundo de su cuerpo, pero no podía retirar la pregunta. Y tampoco estaba segura de querer hacerlo.

Ni siquiera sabía por qué estaba tan desesperada por oír su respuesta.

Él se acercó a la mesa y agarró su copa de vino para darle un trago. Becca se fijó en que se movía con tranquilidad y elegancia, a pesar de que sospechaba que estaba tan desorientado como ella.

Tenía un gran problema con aquel hombre. No tenía sentido negarlo. Él había intentado besar a un fantasma y ella...

No podía soportar pensar en ello. Ni siquiera estaba segura de qué era lo que le había pasado. Habían estado cenando y todo había sido sencillo. Vino bueno, conversación interesante. Ella había estado prestando atención a lo que él decía, relajada mientras lo miraba a través de la llama del candelabro. Quizá esa tranquilidad era lo que lo había provocado todo. La sensación de que, si entornaba los ojos, podría desaparecer completamente en el mundo de fantasía de Theo. Podría convertirse en la mujer que debía estar sentada en esa mesa, con ese hombre. Después de todo, ya se parecía a ella.

Quizá lo que la había asustado era lo poco que le había importado la idea.

—Sólo quería utilizarte porque te pareces a ella —dijo él—. No esperaba más que eso. Quizá fuera una artimaña compleja, pero una artimaña sin más. No imaginaba que te desearía.

—No creo que me desees —era duro decirlo y ella se encogió de hombros cuando él la fulminó con la mirada. Se le aceleró el pulso, y después sintió que se derretía ante él. Hizo un esfuerzo para respirar y seguir hablando—. Creo que no es a mí a quien deseas. Cuanto más me parezco a ella, más me miras. Y más la deseas —sonrió, a pesar de que sus palabras provocaban más dolor del que debieran—. Tiene sentido. Ella es tu prometida y la has perdido. Sería extraño que no sintieras estas cosas.

Él soltó una risita triste y retumbó en la amplia habitación.

—No la conoces. Estás hablando de fantasías y sentimientos. De juegos. Mi relación con Larissa no era nada parecida a lo que imaginas.

—¿Y por qué querías casarte con ella? —preguntó

Becca–. ¿Sólo era un trato? ¿Una transacción económica?

No le resultaba difícil creerlo, en teoría. Después de todo, ella misma no era más que una transacción económica.

Theo puso una mueca y metió las manos en los bolsillos de su traje elegante. Era la primera vez que ella lo veía ligeramente inquieto y no pudo evitar contener la respiración.

–Desde que empecé mi carrera profesional en Whitney Media se hizo evidente que yo estaba encaminado a lo más alto –dijo él–. Todo el mundo sabía que yo no quería otra cosa y, muy pronto, Bradford se fijó en mí. Pero Bradford prefiere mantener el control de su empresa familiar dentro de la familia –la miró con frialdad.

–Así que, Larissa era tu mejor baza –Becca trató de no mostrar decepción en su tono de voz. ¿Cómo podía haberse convencido de que un hombre como aquél podía haberse enamorado? ¿O de que, en cierto modo, era diferente a su tío? ¿Cómo podía habérselo creído? Él, al igual que Bradford, quería todo lo que pudiera conquistar. Todo lo que consideraba suyo. ¿Cómo podía ella haber olvidado los motivos por los que estaba allí?

Ése era el hombre que había ordenado que se diera la vuelta delante de él para observarla con detenimiento. Ése era el hombre que había evitado que saliera de la mansión de los Whitney.

¿Y de qué no era capaz ese hombre?

–Una vez más te confundes –dijo Theo, con ese

tono de voz que la hacía estremecer–. Ella no era mi mejor baza. Yo era la suya.

–No acabé en Whitney Media por accidente –dijo Theo, sorprendido de estar hablando de su pasado. Había algo en la manera en que Becca lo miraba, como si ella creyera que él le debía una explicación. ¿Y por qué él había decidido hablar?–. No ocurrió sin más. Luché para llegar aquí, en cada momento del camino.

–¿Así que no llegaste al poder a base de pisotear a los demás? –preguntó Becca arqueando las cejas–. Creía que ése era el primer paso de cualquier futuro magnate.

–Comprendo tu rabia –dijo Theo, mirándola como si eso lo ayudara a comprender su extraña necesidad de desahogarse–, pero mi infancia fue mucho más desesperada de lo que pudo haber sido la tuya.

–¿Quieres que las comparemos? –preguntó ella–. ¿Quieres que veamos quién sufrió más? –miró a su alrededor–. A mí me resulta evidente que uno de nosotros salió ganando mucho más.

–No es una competición –dijo él–. Pero si lo fuera, yo ganaría.

Theo recordó el calor y el miedo. Aquellas noches cerradas de Florida en las que su familia se abrazaba en la oscuridad para evitar a las bandas callejeras, las pistolas y la violencia de la calle.

–Y yo que pensaba que eras uno de ellos –dijo ella, mirándolo de arriba abajo. Después, lo miró a

los ojos y se encogió de hombros–. Colegios privados, veranos en Cape, camisetas de rugby y un gol-
den retriever. El paquete completo.

Él habría pensado que ella estaba bromeando
de no haber visto el dolor en su mirada. Ella trató de
disimular inmediatamente, pero él tuvo tiempo de
reconocerlo.

–No exactamente –esbozó una sonrisa–. Mi padre
murió de forma inesperada, dejando a mi madre en
Miami, valiéndose por sí misma, ya que la familia
cubana de mi padre le había dado la espalda por casarse con una inmigrante greco-chipriota. No tenía-
mos nada. Ni dinero. Ni esperanza. Menos de lo que
podrías imaginar.

Recordó a su hermano mayor, Luis, asesinado en
la calle como venganza de un pequeño desaire. Recordó el rostro de su madre, retorcido por la agonía,
y la angustia de su mirada cuando le decía: «Tú no,
Theo», susurrándole mientras le clavaba los dedos en
los hombros. Él apenas tenía once años. «Tú no mo-
rirás en este lugar. Tú te marcharás de aquí».

Y eso había hecho.

–Vi a los Whitney hace muchos años, cuando yo
era joven –continuó Theo, incapaz de mirar a Becca.
Se volvió hacia las ventanas y recordó South Beach,
una de las calles de Miami donde es encontraban los
mejores restaurantes–. Bradford y su esposa estaban
visitando Miami con su hija pequeña. Ella no debía de tener ni siquiera diez años. Yo me ganaba la
vida de aparcacoches y pensé que todos parecían estrellas de cine, como una fantasía. Ella parecía una

princesa. Y yo quería lo que ellos tenían, fuera lo que fuera –soltó una carcajada–. No supe quiénes eran hasta años después.

–Me resulta difícil imaginarme a Bradford perfecto –dijo Becca–. O nada cercano a perfecto.

–Eso es porque estás predispuesta a encontrar ofensivo su tipo de poder –contestó Theo, sin volverse para mirarla–. Pero yo nunca lo había visto antes. Fue una revelación.

¿Cómo podía describirle su vida de aquel entonces? Era como una película que trataba de un joven y de todo lo que había hecho para escapar de su mundo y alcanzar el éxito. ¿Cómo podía explicárselo a esa mujer? Ella nunca había llegado tan alto como él, pero tampoco había estado tan abajo.

–En cuanto terminé la universidad vine a Nueva York –continuó, saltándose aquellos años tan duros de entre medias, los sacrificios y las proezas imposibles que había hecho posibles, de algún modo, porque no le quedaba otra elección. Había sido incapaz de salvar a su madre del cáncer que se la había llevado, igual que tampoco había podido salvar a su hermano en Miami–. Larissa estaba en todos los sitios.

–¿Haciendo qué? –preguntó ella.

–Siendo Larissa –dijo él, y se volvió para mirarla. Para ver el rostro que lo había perseguido durante años, desde mucho antes de conocer a Larissa hasta ese mismo día, cuando ya la había perdido irrevocablemente y se encontraba delante de otra persona. Becca–. Ella siempre aparecía en los periódicos.

Siempre la fotografiaban. Era uno de los rostros más reconocibles de Nueva York —se encogió de hombros—. Era como un sueño.

—¿Qué clase de sueño? —preguntó Becca con un tono demasiado amable.

Él no pudo evitar preguntarse qué era lo que no había dicho, lo que estaba ocultando.

—Supongo que se podría decir que ella era el emblema de todo lo que yo siempre había deseado —dijo Theo, al cabo de un momento. No pudo evitar una risita irónica al oír la verdad. ¿Cómo era posible que hubiese deseado tanto a Larissa y que hubiera conseguido tan poco a cambio? Pero hacía mucho tiempo que había conseguido sentirse en paz con eso. Uno no se enamoraba de un emblema. Uno aceptaba sus condiciones y, a cambio, lo exhibía. Sobre todo si se estaba demasiado ocupado con los negocios como para preocuparse por su vida emocional.

Y todo cambiaría cuando estuvieran casados. Él había estado convencido de ello.

A pesar de todo, él todavía llevaba grabadas en su cabeza las primeras fotos que había visto de ella. Larissa aparecía muy guapa y riéndose en las páginas de las revistas. Él estaba decidido a construir su propio imperio y una mujer como aquélla era lo que necesitaba para mostrarle al mundo que lo había conseguido. Que él, Theo Markou García, con un pasado terrible del que nunca debería haber conseguido escapar, era el hombre que poseía todo el poder.

—¿Tu mayor fantasía es una debutante mimada?

–preguntó Becca con frialdad–. Supongo que no puedo culparte. ¿Es que todos los hombres están predispuestos a preferir lo insulso sobre lo interesante?

–¿Estás expresando envidia? –preguntó él, fijándose en su rostro. Cuanto más la miraba, menos reconocía a Larissa. Sobre todo cuando percibía el arranque de genio que ella se apresuraba a disimular–. ¿Crees que tú no serías elegida?

–¿Elegida para qué? –preguntó ella con una carcajada–. ¿Para ser el trofeo de un hombre, al que no le importa quién soy en realidad mientras me reduce a un emblema? ¿O elegida para participar en el juego de beneficiar el ansia de poder de un hombre? –esbozó una falsa sonrisa–. Gracias, pero si pudiera, pasaría.

Había algo muy doloroso en el espacio que quedaba entre ellos y Theo anhelaba acariciarla, tanto como deseaba negar que sus palabras pudieran aplicarse a él.

No podía mentar el fuego que ella provocaba en él. Pero estaba ardiendo. Y mucho.

–Yo sabía que, si alguna vez estaba en la posición de obtener una mujer así, estaría donde siempre había deseado estar –dijo él. No comprendía por qué deseaba darle explicaciones a Becca. Nunca se había preocupado por las opiniones de los demás. Entonces, ¿por qué le preocupaba la de ella?

–Enhorabuena –dijo Becca–. Conseguiste todo lo que deseabas, ¿no? La mujer que siempre habías deseado y todo lo que la acompañaba.

–Cuando comencé a trabajar en Whitney Media

anuncié en la primera sesión de formación que algún día dirigiría la empresa –dijo él, sin saber qué quería decir–. La directora de recursos humanos se rió en mi cara. Cinco años más tarde ya no se reía.

–¿Cinco años? –preguntó Becca–. ¿Es todo lo que te costó?

–No sé perder –dijo él, porque era la realidad. No estaba alardeando. Nunca lo había hecho. No era necesario–. No tengo otra elección.

Becca no sabía por qué aquellas palabras le resultaban sobrecogedoras. ¿No era la historia de su éxito? ¿Su camino hasta metas inimaginables? Entonces, ¿por qué ella sentía ganas de llorar? ¿De acortar el espacio que había entre ellos y acariciarlo?

–¿Y qué es exactamente lo que ganaste? –preguntó ella–. El puesto de director ejecutivo, pero sin las acciones que necesitas para ser un verdadero propietario. Y estás comprometido con Larissa, pero sigues solo.

–Ten cuidado –le sugirió él–. Una cosa es compartir información que puede ayudarte en tu representación. Otra, hablar de cosas que no puedes comprender.

–¿Y qué hay que comprender? –preguntó ella, como si no se hubiera percatado de la oscuridad de su mirada–. Estáis comprometidos pero no vivís juntos. Tú vas pidiendo que te envíen sus cosas a medida que las necesitas –se encogió de hombros–. Y, de algún modo, no termino de creer que Larissa se estuviera reservando para el matrimonio.

Theo la miró, pero la dureza de su expresión ya no la intimidaba como al principio. Esa noche, ella deseaba acariciarle el rostro. Saborearlo, descubrirlo, conocerlo. Pero no si él pensaba que ella era otra mujer. No mientras la deseara de forma desesperada. Al menos, a Becca le quedaba orgullo.

«Por ahora», susurró una voz traicionera en su cabeza.

—Nunca fue una relación convencional —dijo él con frialdad—. ¿Cómo podía haberlo sido?

—¿Y por qué no debía haberlo sido? —preguntó Becca, frunciendo el ceño.

—Ella podría haber elegido a cualquiera —dijo Theo, pero algo en su voz indicaba que era él quien no se merecía a aquella chica egoísta—. Pero me eligió a mí y, más tarde, aceptó casarse conmigo cuando decidimos que sería lo más beneficioso. Era una buena baza para la interminable batalla que libraba con su padre, pero ella también sabía que yo la comprendía. Que esperaría a que se acomodara en la relación. Que no la forzaría a nada que no estuviera preparada para aceptar.

—¿Como la fidelidad? —preguntó Becca.

—Ella no era la mujer que yo imaginaba que era antes de conocerla —dijo Theo, ignorándola—. Pero tampoco era el monstruo que tú imaginas que es —suspiró y negó con la cabeza—. Intenta imaginarte su vida.

Becca no pudo evitar soltar una risita. Veía su reflejo en el espejo que había en la pared del fondo y le resultaba muy similar a las fotos que había visto de Larissa. Vestida para matar, llena de joyas, y con nada más importante en su agenda que otro evento benéfico, otra inauguración de arte, otra fiesta. ¿De veras Theo pensaba que Becca no se había empapado de esas revistas? ¿Odiándose a sí misma por la fascinación que le causaba la vida que podía haber tenido, y la persona que podía haber sido?

–He imaginado su vida innumerables veces –dijo Becca, tratando de controlar la rabia que sentía por la injusticia de todo aquello–. He imaginado lo que podría hacer con su dinero, cómo apreciaría las vacaciones, la ropa, las fiestas y las oportunidades que a ella tanto le aburrían. ¿Es eso lo que quieres que imagine?

–Te habrás fijado en que Bradford Whitney es la última persona del mundo que alguien querría tener como padre –dijo Theo–. Él provocó que la pobre madre de Larissa sufriera una crisis nerviosa. Ya nunca sale de su casa en Francia, Se ha convertido en una reclusa.

–Te lo repito, ¿qué es lo que quieres que imagine? ¿Lo que es tener un mal padre? Yo tengo uno de ésos. En el momento en que echaron a mi madre de la familia Whitney, mi padre desapareció. Pero mi madre no pudo refugiarse en una casa en Francia para recuperarse. Tuvo que buscarse la vida para ser una madre soltera.

–Imagina cómo debió de ser para ella criarse en esa casa, con esos padres –contestó Theo–. Nunca fue tan fuerte como tú. Nunca tuvo una oportunidad.

–Tuvo todas las oportunidades –contestó Becca. Sentía que le ardía el rostro y sabía que estaba hablando demasiado. Sintiendo demasiado. ¿Era fuerte por naturaleza o simplemente no le había quedado otra opción?–. ¡Más oportunidades que con las que sueña la mayoría de la gente!

–Tenía dinero –dijo Theo–. No es lo mismo.

–¿Cómo has podido criarte donde te has criado, y empatizar con una pobre niña rica como ella? –preguntó Becca, incapaz de contener sus emociones.

–Rica no significa feliz –contestó él.

–Pero sí significa *rica* –soltó Becca, furiosa. Con él. Con Larissa. Con aquella situación porque estaba perdiendo el control–. Ella tenía todas las ventajas del mundo.

–Es la chica más triste que he conocido –dijo él, mirándola de un modo que hizo que se le detuviera el corazón por un instante.

–¿Te refieres a su dolor emocional? –susurró ella–. ¿Sabes quién tiene tiempo para el sufrimiento emocional, Theo? Las mujeres como Larissa, ésas que no tienen que preocuparse por nada más. Ni siquiera por cómo va a conseguir su siguiente comida. Ni de cómo va a pagar el alquiler.

–No la conoces –añadió él.

–Me pregunto si tú la conoces –soltó ella–. Estás tan ocupado buscando excusas para ella... Incluso me has traído aquí para fingir que soy ella porque te traicionó de varias maneras, y todavía quieres defenderla.

–No voy a escuchar esto...

–Querías que estudiara su vida, y lo he hecho –dijo Becca, confiando en hacerle daño. Deseaba que despertara y viera la verdad–. La mujer que albergas en tu imaginación no existe, Theo. Nunca existió

–Te olvidas de ti –contestó él con voz gélida.

Ella sintió que se le erizaba el vello de la nuca y de los brazos, y supo que había llegado demasiado lejos. Theo la miraba fijamente y sus ojos color ámbar se habían convertido en hielo.

–Theo...

–Tú eres el fantasma en esta habitación –dijo Theo con tono letal, provocando que ella tuviera que agarrarse a la silla que tenía delante para no tambalearse–. Tú eres la que representa un papel. Sólo existes si yo lo reconozco.

La expresión de su rostro se volvió de piedra. Debería haberle causado mucho daño, sin embargo, ella todavía lo deseaba.

–Te sugiero que recuerdes cuál es tu lugar –añadió, y pasó junto a ella para dejarla sola, y temblorosa. Y tan pálida como el fantasma que decía que era.

Capítulo 6

BECCA despertó a la mañana siguiente sintiéndose tremendamente frágil.

Se movía despacio, sentándose y retirándose el cabello de la cara, como si sufriera algún tipo de resaca emocional. Con cuidado, se dirigió a la lujosa ducha y permaneció bajo el chorro de agua caliente durante largo rato.

Puesto que aquél era el mundo de Theo, cuando regresó a la aviación encontró una jarra de café caliente. Se sirvió una taza y bebió unos sorbos antes de terminar el ritual que llevaba a cabo cada mañana en aquel lugar, para después mirarse al espejo.

Lo que vio fue la imagen de Larissa.

Pestañeó y se vio a sí misma otra vez, y tuvo que ponerse la mano sobre el vientre para disipar el nudo de pánico que se le había formado.

Las cosas se habían complicado mucho. Ella era una extraña con su propio rostro. ¿Cómo podía no ser un desastre? Sin duda, podría cambiarlo.

Sólo porque aquel hombre arrogante pensara que él tenía la capacidad de decidir si ella existía o no, no tenía por qué ser verdad. Trató de olvidar las duras palabras que había escuchado durante su infancia, todo lo que Bradford le había dicho y lo que los comentarios de Theo de la noche anterior le habían hecho recordar. Aquello sólo significaba que él era más egocéntrico de lo que ella había creído en un primer momento.

Y si una fuerte sensación de vacío se instalaba en la base de su estómago, nadie tenía por qué saberlo. Además, cada vez se le daba mejor olvidar todo aquello en lo que no quería pensar.

Llamó a Emily brevemente para asegurarse de que estaba bien. Oír la voz de su hermana le resultaba muy gratificante a pesar de todas las mentiras que tenía que contarle. Trató de no hacer caso a los sentimientos no deseados y de concentrarse en el trabajo que tenía entre manos. En el propósito por el que estaba allí, que no era descubrir los misterios de la vida de Larissa, ni los de la de Theo Markou García. No importaba lo intrigante que él le pareciera, ni cómo su cuerpo tomaba vida cuando pensaba en sus fuertes manos y en sus labios. Ella tenía que representar un papel, nada más. Después recogería la herencia de su madre, el futuro de Emily, y dejaría aquella vida vacía tal y como la encontró. Se alegraría cuando llegara ese momento.

Ése era su plan. Siempre lo había sido.

Se vistió despacio, tratando de combinar el tipo de ropa elegante que suponía que podía haberse puesto Larissa. Eligió un vestido de color rojo escarlata y un par de botas, y se peinó con una cola de caballo al estilo de Larissa. Después comenzó con el complicado proceso de maquillarse. Tenía que vivir bajo la presión de que podía ser fotografiada en cualquier momento. Tenía que aprender que únicamente podía bajar la guardia en su habitación privada, y convertirse en ella misma.

Durante su vida normal, Becca se pintaba los ojos de vez en cuando, pero siempre había preferido el lado práctico de la vida al de los cuidados de belleza. La cantidad de maquillaje que se ponía Larissa solía parecerle excesiva pero, ese día, casi agradeció la excusa para ocultarse bajo las interminables capas de productos.

Porque la noche anterior se había sentido demasiado expuesta. Y no quería sentirse vulnerable. Deseaba ocultar sus rasgos más débiles, porque tenía que concentrarse en su objetivo para poder alcanzarlo.

No importaba lo fascinante que fuera Theo. No podía fijarse en él.

Tenía que encontrar la manera de recordar aquello.

Theo estaba sentado tras el escritorio del despacho que tenía en el ático. Al ver entrar a Becca la miró un instante y giró su butaca de piel hacia las ventanas para continuar con su conversación telefónica. Ella oyó que hablaba de negocios y dejó de prestar atención.

Se preguntaba si haría que todo el mundo se quedara allí, esperando a que él les concediera su atención. ¿Y por qué no iba a hacerlo? ¿No le había dicho la noche anterior que recordara cuál era su sitio? Evidentemente, era una muestra de poder. Él estaba demasiado ocupado para tratar con ella en el momento en que ella llegó, a pesar de que el ama de llaves le había dicho que pasara a su despacho, y sin embargo, la consideraba demasiado insignificante como para mantenerla separada de su conversación. Becca se sentía cada vez más incómoda mientras esperaba.

Todos sus comportamientos denotaban dominancia y arrogancia. Becca no era capaz de imaginarlo de joven, desesperado por conseguir una pequeña parte de lo que más tarde hizo suyo. Para ella, él siempre debió de ser así.

—Confío en que hoy no estés tan sensible como estabas anoche —dijo él con frialdad, haciendo que ella regresara al presente. Colgó el teléfono y la miró desde su escritorio.

—¿Y tú? —contestó ella, y al ver que él arqueaba las cejas, añadió—: ¿O no es asunto mío hacer tantas preguntas?

Becca notaba la tensión que había en la habitación y estaba convencida de que él también la notaba.

—Creo que tienes muy controlado tu parecido con Larissa —dijo él, como si ella no hubiese comentado nada.

—¿Es así como juegas este juego? —preguntó ella, tratando de contener la rabia—. ¿Simplemente fingirás no oírme según te convenga?

—Si piensas agarrarte una pataleta —dijo él—, por

favor, avísame para no reorganizar mi agenda inútilmente.

–Dios no lo quiera –murmuró ella–. No es que yo haya dejado de lado semanas enteras de mi vida, reorganizándolo todo. ¿Por qué deberías tú molestarte?

Él la miró y, a pesar de que ella sabía que su intención era que se sintiera idiota y poca cosa, tuvo que morderse el carrillo para evitar retorcerse. Pero no pudo evitar sonrojarse y que una ola de calor descendiera hacia su pecho.

Sin embargo, una parte de ella todavía deseaba acercarse a Theo y acariciarlo.

«Maldita sea».

–Si has terminado –dijo él con calma en la voz–, creo que ha llegado el momento de hacer un experimento de campo.

Theo la miró con detenimiento bajo la luz que entraba por las enormes ventanas y bañaba el interior del elegante restaurante del Soho. Ella estaba radiante. Preciosa. Tranquila.

Y lo estaba volviendo loco poco a poco.

Theo había perdido el sueño por esa mujer, algo tan extraño que no quiso admitirlo hasta que no se encontró pensativo, de pie junto a la ventana a mitad de la noche, bebiendo whisky. Y pensando únicamente en la manera en que ella discutía con él, en cómo lo miraba como si sufriera por él.

No conseguía comprender por qué.

Y ya no sabía qué era lo que veía cuando la miraba. Todo se había complicado. Él había compartido cosas con ella que nunca había compartido con nadie, y había tratado de reprenderla cuando ya no sabía cómo manejarlo, pero nada de eso lo había ayudado. Sin embargo, estaba cautivado por su manera de sujetar la pesada cubertería de plata con sus delicadas manos, y por cómo miraba de reojo a su alrededor cuando pensaba que él no la estaba mirando. ¿Y por qué no iba a hacerlo? Estaban en el restaurante de moda. Y si Theo se hubiera preocupado, también habría identificado a la mayoría de los clientes, ya que sin duda serían famosos o ricos.

–Háblame de tu infancia –preguntó él de repente, rompiendo el silencio. Empezó a juguetear con su copa y sintió que se le cortaba la respiración al ver que ella se humedecía los labios. ¿Era un indicativo de que estaba nerviosa? ¿O de que en ella ardía el mismo deseo que en él? Decidió que no le importaba. Nada importaba excepto aquella comida, aquella mujer, aquel momento.

–¿Es una orden? –preguntó ella, retándolo con la mirada.

–Simplemente una petición –pero sonrió, porque aquella mujer nunca se rendía.

–Dudo de la conveniencia de mostrarme humana ante tus ojos –continuó ella, cortando el filete con dedicación–. Eso puede hacer que exista sin que me des permiso para ello y, entonces, ¿dónde llegaríamos?

–La inutilidad de las discusiones nunca parece desconcertarte –murmuró él.

Ella dejó los cubiertos sobre el plato y lo miró. Sus ojos tenían un color entre marrón y verdoso y su mirada lo atraía. Tan seria. Tan sincera. Tan valiente.

–Mientras que tú intentas dominar todo lo que te rodea –contestó ella–. Independientemente de que tengas que demostrar algo o no.

–Hablas como si fuera un perro callejero montando tu pierna –dijo él.

Ella arqueó las cejas y no contestó. Él se rió y echó la cabeza hacia atrás, ella tenía razón. Había algo en aquella mujer que hacía que se comportara de forma imprudente y no se sintiera juzgado. Como si tuviera que demostrar algo. Sin duda estaba actuando como un estúpido. Cuando la miró de nuevo, ella parecía aturdida.

–No sabía que eras capaz de reír –dijo ella, aclarándose la garganta–. Creía que eras todo melancolía.

–No me conoces muy bien –dijo él. Se inclinó hacia delante y le agarró la mano, acariciándole la palma con la suya–. Pero te aseguro que empleo una técnica mejor que la de un perro cachondo.

Ella retiró la mano, pero no antes de que él notara cómo le temblaba y viera cómo se sonrojaba.

–Tendré que fiarme de tu palabra –dijo ella–. ¿Y a qué se debe este cambio de actitud? –preguntó ella–. ¿Anoche estabas enfadado y ahora quieres saber cosas sobre mi infancia? ¿Por qué?

–No hay motivo por el que no podamos ser cordiales, Rebecca –dijo él, con tono insinuante. No pretendía hablar como si intentara seducirla, ¿no?

—Hay muchos motivos —dijo ella, sentándose derecha—. Por un lado, está el hecho de que sigas llamándome por el nombre equivocado. Me llamo Becca, no Rebecca.

—Becca es el diminutivo de Rebecca —contestó él.

—Lo es —convino ella—, si tu nombre es Rebecca. Pero mi madre me puso Becca. No es un diminutivo. No tengo un nombre más largo. Sólo Becca —ladeó la cabeza y lo miró—. ¿Eso forma parte de cómo impones tu control? ¿De tus juegos de dominancia? No te gusta el nombre de alguien y se lo cambias, y como ellos te tienen demasiado miedo no se atreven a quejarse.

—No noto ningún miedo, pero sí muchas quejas —señaló él—. Esta táctica no debe de ser muy eficaz, ¿no?

Ella apretó los labios y dejó las manos sobre su regazo.

—¿Qué sentido tiene todo esto? —preguntó ella—. No te importa mi infancia, y no me has traído aquí, a un restaurante como éste para ser cordial. Tienes otro motivo. Siempre lo tienes —añadió con tono acusador.

—¿Y por qué ha de ser una cosa u otra? —preguntó Theo.

Ella sonrió.

—Porque es así como actúas —dijo ella, mirando a su alrededor y sacudiendo la cola de caballo sobre su hombro—. Supongo que ésta es una buena prueba. ¿Cómo lo llamaste? ¿Experimento de campo? —frunció el ceño y miró hacia los otros clientes del restaurante–. Ya he visto a cinco personas sacándome una foto, o a los dos, con su teléfono móvil. Supongo que eso es lo que querías –bajó el tono de voz y se inclinó hacia delante, mostrando su precioso escote–. Larissa Whitney y su paciente prometido en un restaurante tranquilo, como la gente normal.

Él no podía negar ni una palabra de las que ella había dicho y, sin embargo, una parte de él deseaba hacerlo. Deseaba que no hubiera otros motivos. Que fueran dos personas normales comiendo, y conociéndose.

–¿No puedo disfrutar de una comida con una bella mujer? –preguntó él–. ¿No puedo intentar conocerla?

–No –dijo ella–. No puedes.

Él quería protestar. Olvidarse de todo menos de ese momento, de aquel intenso deseo que lo invadía por dentro. Pero no podía hacerlo. No después de todo lo que había abandonado para llegar allí.

–¿Y por qué no?

–Porque el único valor que tengo para ti es mi parecido con otra persona –dijo ella, muy tranquila–. Por tanto, mi información personal es mía. Y tú no tienes acceso a ella. No tienes por qué conocerme cuando lo que en realidad te interesa es ella.

Theo se había pasado años pensando en dirigir Whitney Media para, poco tiempo después, convertirse en propietario de la empresa. Se había centrado únicamente en esa meta, dejando de lado todo lo demás. Y ya estaba a punto de conseguir el sueño de su vida.

Sin embargo, aquella noche sólo podía pensar en Becca. En su misteriosa mirada. En su inteligencia. En la invitación que sugería y de la que él dudaba si ella estaba siendo consciente. Pero él la notaba. Podía sentirla en su cuerpo, en su miembro erecto, en cómo el deseo que sentía por ella provocaba que le ardiera la entrepierna.

Él no parecía capaz de evitarlo. La miró y deseó más, más de lo que él se consideraba capaz. Más de lo que había tenido.

—¿Y qué pasa si te deseo? —preguntó él, como si fuera un hombre libre. Como si fuera otro. Como si ella hubiese sido su sueño—. Sólo a ti. Entonces, ¿qué?

Capítulo 7

HABÍA tanta química entre ellos que a Becca se le pusieron los pezones turgentes y sintió un cosquilleo en la entrepierna. Notó un ligero calor en el rostro y algo brillante, demasiado cálido para ser lágrimas, ardía en sus ojos.

Ni siquiera sabía si estaba respirando.

Y Theo permaneció allí, al otro lado de la mesa, mirándola fijamente, como una intensa caricia. Ella tenía la sensación de que él era mucho más primitivo de lo que indicaba su traje elegante y su cuidada apariencia. Era como si, de pronto, ella pudiera ver su verdadera persona, como si en el fondo estuvieran compenetrados. Ella podía ver la pasión y el calor que ardía en su interior, y también en ella.

¿Cómo podía desearlo de esa manera?

Pero estaban en público, todo era una farsa y ella nunca sabría a quién miraba él de esa manera.

Un dolor invadió su corazón.

—Tú no... Tú no me deseas –susurró.

—¿No?

—Por supuesto que no –bajó la vista hacia el plato y frunció el ceño para contener el pánico, y las lágrimas–. Lo que deseas es con lo que has estado soñando todos estos años. Yo soy el espectáculo, a la vez que el público. Eso es lo que deseas, no a mí.

—Quiero descubrir cómo sabes —dijo él—. Tu cuello. La piel que hay entre tus senos. Quiero probar cada centímetro de tu cuerpo. Y después, empezar de nuevo.

Ella no podía respirar. No podía mirarlo. Estaba paralizada y temía tanto que él siguiera hablando, como que se callara. ¿Cómo podía estar tan confusa? ¿Por qué Theo la atormentaba tanto? Era como si hubiese estado toda la vida esperándolo y, sin embargo, él estaba enamorado de una mujer que nunca podría tener, una mujer en la que Becca nunca podría convertirse por mucho que se pareciera a ella. Quizá no fuera lo que ella consideraba amor, quizá se enfadara al pensar que eso era lo que él creía que merecía, pero nada de eso estaba bajo su control.

—Quiero moverme dentro de ti hasta que lo único que sepas, lo único que puedas decir, sea mi nombre —continuó él, quizá sin ser consciente de lo que sus sensuales palabras provocaban en ella. O demasiado consciente.

—Basta —dijo ella, con un tono mucho más débil de lo intencionado—. Estamos en público. La gente nos está mirando.

—Entonces, deberías sentirte a salvo —dijo Theo con arrogancia—. ¿Qué puede pasarte aquí, con todo Nueva York mirando?

—¿Y qué hay de tu plan? —preguntó ella desesperada, a pesar de que tenía los senos hinchados y se sentía como si estuviera febril–. ¿Es así como Larissa y tú os comportáis en los restaurantes?

Oír el nombre de Larissa le sentó como un jarro de agua fría. Ella notó el efecto que tuvo sobre él.

La había mencionado a propósito, así que no debería sentirse traicionada por su reacción. Ni tan dolida.

–Ya has conseguido lo que yo quería hoy –dijo él–. Te han visto en público, en buen estado. Nadie te ha mirado como si no fueras quien aparentas ser.

–Estupendo –dijo Becca.

Theo la sorprendió echándose hacia delante y sujetándole la mano, agarrándosela con más fuerza cuando ella trató de retirarla. El tacto de su piel, el calor de su cuerpo, inundó la palma de Becca provocando que se estremeciera.

–Pero ambos sabemos lo que hay bajo la superficie –dijo él, con voz de encantador de serpientes. Con la mirada, le prometía cosas que provocaron que ella ardiera de deseo. Por él. Por cosas que Becca no se atrevía ni a pensar.

–Ya te lo he dicho –dijo ella–. No me conoces, y no me conocerás. Eso no forma parte del trato.

–Te conozco. Eres quisquillosa y muy orgullosa. Unas cualidades que admiro y sé reconocer. Te has sacrificado por tu hermana y, sin duda, por tu madre también.

–Mi madre...

–Hizo su propia elección –la interrumpió él–. Pero aun así te sientes culpable. Así que aquí estás, como una gallina enfadada entre los zorros, recla-

mando lo que debería haber sido tuyo por nacimiento.

—Tú eres un perro callejero y yo una gallina. ¿Me
pregunto qué otros habitantes de la granja seremos
antes de que esto termine?

—Empleas tu carácter y tu ingenio como escudo
—continuó él, como si ella no hubiera hablado—. Y a
veces como arma. Atacas antes de que puedan ata-
carte. Y no te retiras, ni siquiera cuando sabes que
deberías. A veces, retirarse es una estrategia, Becca.

—Entonces, siéntete con libertad para emplearla
—soltó ella. Deseaba retorcerse en la silla. Retirar la
mano, ponerse en pie y salir por la puerta. Podría
perderse en la ciudad en pocos minutos. Y estar de
regreso en Boston por la noche. Emily y ella se las
arreglarían. Siempre lo habían hecho.

Pero no se movió.

—Y tú estás tan fascinada conmigo como yo contigo —dijo él, acariciándole los dedos y mirándola fijamente, leyendo sus verdaderos sentimientos.

—No te adules a ti mismo —susurró ella, pero no
retiró la mano. Ni miró a otro lado. Y le parecía que
su corazón latía con tanta fuerza que su sonido podía
ahogar el ruido del restaurante.

—No tengo que adularme —dijo él—. Sólo tengo
que mirarte.

«¿Y a quién ves?», le preguntó la parte racional
de su cerebro. Y así, sin más, se rompió el hechizo.
Becca retiró la mano como si de pronto se quemara
y se sentó lo más alejada posible de él.

—Mi madre no tenía ni idea de cómo cuidar de sí

misma, y mucho menos de un bebé –dijo de pronto.
Theo la miraba, pero ella no podía dejar de hablar–.
Encontró hombres que la ayudaron de un modo u
otro. Aunque cuánto la ayudó cada uno es algo abierto a la interpretación individual. Al final, nos insta-
lamos en Boston, donde se casó con el padre de Emily.
Era bastante simpático. A menos que hubiera bebido.

Theo se movió en la silla, y Becca no pudo evitar
fijarse en los músculos de su torso bronceado. Era
tan atractivo. Demasiado letal. No debía jugar con
fuego, no con él.

–Así que al final terminó echándolo y nos queda-
mos las tres solas. Lo hicimos lo mejor que pudimos
–se encogió de hombros y de pronto sintió pánico y
resentimiento, como si él la hubiera obligado a decir
esas cosas, como si no se las hubiera contado simplemente porque se sentía atraída por él–. ¿Era eso
lo que querías oír? ¿Mi idílica e ilegítima juventud?

–Estás a la defensiva –comentó él–. No tienes
nada de lo que avergonzarte.

–¡Lo sé! Pero mi madre estaba avergonzada. Ella
tenía planes mejores para sí. Y para sus hijas. Yo creo
que, si hubiese vivido, habría venido a ver a Bradford en persona –negó con la cabeza y lo miró–. Y
resulta que ella no se parecía a nadie convenientem-
mente. Así que se hubiera humillado delante de ese
canalla que era su hermano y él la habría mirado con
desdén para después echarla. Sólo porque podía hacerlo.

Sus palabras permanecieron entre ambos un instante. Becca no podía comprender por qué le había

dicho todo eso y sentía que había ido demasiado lejos. Como si hubiera culpado a Theo injustamente por el supuesto comportamiento de Bradford. ¿Qué le estaba pasando? Si Theo no era culpable de aquello, tampoco era inocente. Después de todo, ella estaba allí gracias a su maquiavélico plan.

—Es probable que tengas razón —dijo Theo, al cabo de un momento—. Pero el hecho de que Bradford no sea un gran ser humano no debería importarte —continuó él—. ¿Por qué te preocupa?

—No es cierto —dijo ella, aunque sí la preocupaba.

Pero se había percatado de que había hablado demasiado y se quedó en silencio. Theo gesticuló para pedir la cuenta. Becca decidió mantener el silencio. Él no merecía saber nada sobre ella. No merecía nada más que aquello por lo que había pagado.

Entonces, ¿por qué se había abierto a él de esa manera?

Becca todavía no se había contestado a esa pregunta cuando regresaron a la mansión de Theo. El trayecto de regreso lo habían recorrido en silencio. Theo escribiendo en su BlackBerry en el asiento trasero de la limusina y Becca fingiendo que miraba las animadas calles de la ciudad. En realidad, en su cabeza estaba recordando cada detalle de la comida.

Cuando el coche se detuvo junto a la acera, Becca se sobresaltó al sentir la gran mano de Theo sobre su brazo.

Al levantar la vista, vio diversión en su mirada. Y la misma atracción que ella sentía bajo la piel. Sin embargo, Theo se dirigió a ella con un tono frío.

–Los paparazzi están aquí –dijo él, y, sin dejar de mirarla, señaló hacia la acera inclinando la cabeza–. ¿Estás preparada?

–¿Cómo puedo saber si estoy preparada? –preguntó ella, y miró con nerviosismo a través del cristal tintado. Un grupo de hombres se empujaba para conseguir un buen lugar junto al coche, mientras sacaban fotos y gritaban. Uno incluso golpeó el coche con la mano.

–Buscan una reacción –dijo Theo con voz calmada–. Cuanto más exagerada sea, mejor. Dirán cualquier cosa para molestarte y obtener la reacción que buscan. Cualquier cosa. ¿Comprendes?

Él estaba muy tranquilo a pesar de que los paparazzis parecieran chacales hambrientos y estuvieran al otro lado del cristal. Becca sintió que el pánico escapaba de su corazón al mirarlo. Parecía tan seguro de sí mismo. Como si pudiera salvar a ambos simplemente por pura voluntad, como si fuera el ancla de un barco en un temporal, y ella sólo tuviera que agarrarse a él.

«Él quiere que se produzca esta tormenta», se recordó ella. «Es probable que los haya llamado él mismo».

Pero la idea no evitó que, cuando él la miró como recordándole que ella era capaz de todo, se sintiera tan fuerte como él pensaba que era. Como si ella pudiera hacer cualquier cosa. Incluso aceptar ese reto.

«Por él», susurró otra voz en su cabeza.

—¿Qué puede tener de malo? —preguntó ella, y agitó la cola de caballo sobre su hombro—. Digan lo que digan, no estarán hablando de mí, ¿verdad?

¿Cuántas veces había observado a Larissa manejar a aquellos sabuesos? ¿Cuántas veces se había maravillado de cómo empleaba la atención que le prestaban para satisfacer sus fines, para enviar mensajes que ella quería enviar, o para provocar la conmoción que quería provocar? ¿Cuántas veces había lidiado él con ellos, para arrepentirse después, porque lidiar con ellos de esa manera les daba cierta legitimidad?

Los Whitney vivían siempre bajo la mirada de los periodistas y Larissa se había criado en ese ambiente. Ella había alimentado la atención que recibía y él se había dado cuenta de que empleaba las críticas que la prensa hacía sobre ella a favor de su propia vida, hasta el punto de que a veces no se sabía dónde terminaba la información de la prensa y dónde comenzaba Larissa. Theo lo sabía y, aun así, observaba sin más cómo su prometida realizaba los pasos de aquel baile peculiar. Theo nunca interfirió, ni siquiera cuando la atacaban. O cuando también lo atacaban a él.

Sin embargo, esa vez, con esa mujer, estuvo a punto de perder la calma. Esa vez quería echarlos a todos. Y deseó romperle el brazo al hombre que se atrevió a empujar a Becca cuando ella pasó a su lado, ocultándose detrás del conductor y cubriéndose el rostro con sus enormes gafas oscuras.

Theo estaba acostumbrado a ellos, los esperaba, e incluso en alguna ocasión los había utilizado, como ese día. Sin embargo, deseaba que todos ellos fueran encarcelados por acoso o por otra cosa, porque notaba lo difícil que estaba resultando para Becca el corto trayecto hasta la casa. Cómo le costaba respirar a causa del pánico y cómo le temblaba el cuerpo cada vez que ellos gritaban el nombre de Larissa. Parecía que la estuvieran agrediendo físicamente. Pero ellos eran inmunes a cualquier represalia, y Becca era más fuerte de lo que debía haber sido. «Una mujer guerrera», pensó él. Ella continuó andando y los paparazzi se vieron obligados a detenerse en la puerta del edificio, donde el equipo de seguridad estaba preparado para evitar que entraran.

Theo descubrió que su autocontrol pendía de un hilo.

—Te habría evitado esto si hubiese podido —dijo él, agarrándola del brazo para guiarla hasta el ascensor privado. No podía ver su mirada a causa de las gafas de sol, pero podía ver que el labio inferior le temblaba ligeramente. Sin embargo, ella permanecía derecha, como si no se atreviera a derrumbarse.

—Pero eso habría ido en contra del propósito de invitarme a comer fuera —dijo ella—. ¿Qué sentido tendría?

Él mencionó su nombre justo cuando se cerraron las puertas del ascensor. De pronto, todo estaba en

silencio, pero ella continuó en guardia, como un sol-
dado.

—No tenía ni idea de que lo que se sentía era algo
así —continuó sin emoción en la voz—. Todas esas
cámaras. Toda esa gente. Tantas personas y tan
cerca —enderezó los hombros.

—Becca —dijo él otra vez, pero ella no lo estaba
escuchando.

—Pero eso era lo que querías, ¿no? —colocó las gafas de sol sobre su cabeza y lo miró fijamente—. Supongo que por eso no me preparaste. Para que no
pareciera acostumbrada a ellos y pareciera frágil.
Como alguien que acaba de recuperarse de un desmayo y está recién salido de un centro de rehabilitación.

Theo nunca se había odiado tanto como en aquel
momento. Ella ni siquiera lo estaba condenando, y
eso empeoraba las cosas. Ella aceptaba sus motivos
y él no podía fingir que no fueran ciertos. Que no
hubiera tenido esa idea, esa esperanza. Que no hubiera preparado la escena con ese final.

¿Y qué decía eso de él? Estuvo a punto de reírse
de sí mismo. Así era él. Y llevaba tiempo siendo así.

—Becca —dijo de nuevo—. Yo...

—¡No te atrevas a disculparte! —soltó ella, eno-
jada—. Así era el trato. Así es este trabajo. ¿Acaso
he dicho que no pudiera manejarlo?

—No te conocía —dijo él, tratando de no acercarse
a ella para abrazarla—. No te conocía para nada. Sólo
sabía que te parecías a ella. No tenía ni idea de que
esto sería algo más que un juego para ti.

Ella lo miró y Theo tuvo la incómoda sensación de que veía algo en él que él ni siquiera reconocía.

—¿Quién dice que no lo sea? —preguntó ella—. Resulta que se me da bien hacerme pasar por la princesita mimada. ¿Quién iba a imaginarlo? —se rió—. Después de todo, tendrán algo que ver los genes de los Whitney.

—No hagas esto —dijo él.

—No lo comprendo —dijo ella—. ¿No quieres que juegue a este juego según las reglas que tú mismo estableciste? ¿O es que no quieres que se me dé bien?

Él negó con la cabeza. Deseaba contestarle con su cuerpo. Deseaba que ambos se perdieran en la única verdad que le importaba en aquel momento. Lo único que podría liberarlos del juego que él ya no comprendía como pensaba que haría.

—No lo sé —dijo con sinceridad. Deseaba cosas que no podía nombrar. Y ella era Becca, no Larissa, y eso le parecía perfecto. Adecuado. Sus ojos contenían los secretos del bosque. Y él la deseaba. En ese momento. Pero más que eso, deseaba ser el tipo de hombre que nunca la hubiera herido, y ya era demasiado tarde.

Era como si el ambiente estuviera cargado de electricidad y él sólo pudiera verla a ella. Y sentía ese calor insoportable que ella provocaba en su interior. Entonces, ella suspiró despacio y él vio algo parecido a la desesperanza en su mirada. Una desesperanza que se desvaneció cuando ella pestañeó.

Becca sonrió, de forma sincera y desgarradora, y él se olvidó de todo.

–No sabía quién eras, Becca. Lo prometo.

–Está bien –susurró ella–. Yo sé quién eres tú.

Becca se puso de puntillas, lo rodeó por el cuello, y lo besó en los labios.

Capítulo 8

THEO llevó las manos hasta los hombros de Becca y después las deslizó por su espalda. Su boca era cálida, sus labios firmes bajo los de ella, y su tacto, de seda y acero, provocó que ella temblara de forma descontrolada.

Pero Becca se obligó a retirarse, aunque le resultó mucho más difícil de lo que debería. Él la miró con el ceño ligeramente fruncido, y ella tuvo la sensación de que intentaba comprenderla. Becca todavía podía sentir el calor de sus labios y que su corazón seguía latiendo con fuerza.

El encuentro con los paparazzi había sido aterrador. Parecían más una manada de perros salvajes que personas, la habían gritado, insultado, y le habían sacado montones de fotos. Pero una vez a salvo, dentro del ascensor, sólo deseaba olvidar. ¿Tenía importancia que Theo hubiera demostrado ser tan despiadado como siempre le había dicho que era? Ella sabía que debía sentirse aterrorizada por ello, pero no era así. Después del miedo que había pasado fuera, Theo no era nada en comparación. O al menos parecía peligroso, pero de otro modo.

Había sentido sus manos sobre el cuerpo y había

visto el ardor y el arrepentimiento en su mirada, pero no encontraba motivo para fingir que no estaba tan fascinada por él como él decía que estaba. Y puesto que debía soportar todos los inconvenientes del papel que estaba interpretando, ¿por qué no iba a beneficiarse del único aspecto positivo que veía en todo aquello?

«Cuidado», le advirtió su lado práctico. «Ahora estás demasiado sensible, todo esto es demasiado intenso...».

Pero lo había besado de todas maneras. Aunque sabía que no debería haberlo hecho. Quizá llegara a arrepentirse por ello, sin embargo, no conseguía sentirse tan mal por haberlo hecho como debería.

Se encontraba llena de júbilo, pero al mismo tiempo sentía ganas de llorar.

Era como si no pudiera tener control sobre su propio cuerpo.

«Estás muy sensible. Y estás permitiendo que esta situación te afecte demasiado».

—Lo siento —susurró ella, porque no sabía qué más decir.

—¿Por qué? —preguntó él, mirándola fijamente—. ¿Por besarme? ¿O por dejar de besarme?

Becca no tenía ni idea de qué contestar.

En ese momento, se abrió la puerta del ascensor y Becca salió deprisa, parándose únicamente cuando se percató de que llevaba unos momentos sin respirar y se sentía un poco mareada.

—Y ahora sales huyendo —dijo Theo, a su lado—. Quizá, después de todo, te arrepientas de ambas cosas.

Becca se volvió despacio y, al ver cómo la miraba él, sintió que se derretía. Deseaba lanzarse a sus brazos, en medio de aquel enorme salón en el que debería sentirse insignificante. Pero no lo haría. No ese día. No cuando ese hombre con su tortuosa mirada la miraba así, como si ambos pudieran salir ardiendo por la electricidad que se formaba entre ellos.

—O quizá no eras tú la que me ha besado —dijo él—. Quizá, era otro fantasma que ha cobrado vida gracias a la chusma de ahí fuera.

—¡No! —exclamó ella en voz baja y con mucho esfuerzo. Después no pudo continuar. Sentía demasiados ruidos en la cabeza. Demasiados susurros de advertencia y demasiados murmullos seductores y traicioneros. Como si hubiera dos personas distintas en la misma piel, luchando por el control.

Había tantas cosas que deseaba decir. Deseaba explicarle el dolor que le causaba no saber si cuando él la miraba de esa manera la veía a ella, o a Larissa. Ella deseaba decirle que no importaba, porque era evidente que la conexión que había entre ellos era mejor, y mucho más intensa, de lo que podía haber sido con cualquier otra mujer, independientemente de quién fuera ella.

Pero lo último que deseaba hacer era pronunciar ese nombre en voz alta. Y menos cuando él estaba tan cerca que ella podía sentir su calor con sólo estirar la mano. No cuando deseaba demostrar desesperadamente que no era un fantasma. Que era real. Igual que él.

—¿Qué es lo que quieres? —preguntó ella.

—Ya te he dicho lo que quiero —arqueó las cejas y esbozó una sensual sonrisa—. La pregunta es: ¿qué es lo que tú quieres?

Becca se rió a carcajadas, sorprendiéndose a sí misma. Era un sonido que provenía del lugar más femenino de su ser, un lugar que nunca había descubierto antes. Un lugar desde el que deseaba a aquel hombre, por mucho que intentara resistirse. Así que se rió de manera sensual y sugerente, y observó como él entornaba los ojos con deseo.

—Creo que ya lo he dejado claro —dijo ella.

Él estiró la mano y le agarró el extremo de la coleta, tirando de ella con suavidad para que lo mirara.

—Especifica —era una orden. Clara y concisa. ¿Y por qué provocaba que ella se derritiera aún más?

—He sido yo la que te ha besado —le recordó—. Pero no parece que te gustara mucho la experiencia.

¿Y si existía un motivo para ello? De pronto, la confusión se apoderó de ella. ¿Y si esa atracción era producto de su imaginación? ¿Y si no tenía nada que ver con ella y sí con la mujer a la que se parecía?

—Quiero que estés segura de lo que estás haciendo —dijo él—. Tienes que estar completamente segura, Becca. Porque no me quedaré satisfecho de otra manera. O una sola vez.

Becca sintió que una ola de calor la invadía por dentro, de pronto, era como si la ropa le quedara pequeña, no pudiera respirar bien y estuviera a punto de explotar. En mil pedazos.

—Lo típico. Apenas me has besado y quieres exigirme que decida si quiero o no acostarme contigo, aquí y ahora. ¿Es así como lo haces en los temas de negocios, Theo? ¿Un todo o nada, basándote en el ejemplo menos esclarecedor?

–Veamos si esto te resulta más esclarecedor –dijo él con brillo en la mirada. Entonces, inclinó la cabeza y la besó.

Theo no besaba sin más. Theo poseía.

Su boca cubría la de ella con exigencia mientras él le acariciaba el cabello y movía sus labios, saboreándola, enseñándola, haciéndole oscuras promesas con la lengua.

Y Becca se volvió salvaje.

Le rodeó el cuello con los brazos y él se inclinó, de modo que Becca tuvo que arquearse hacia él, presionando sus senos turgentes contra su torso musculoso. Él ladeó la cabeza para besarla mejor y la abrazó con fuerza, provocando que se deshiciera entre sus brazos al sentir su miembro erecto.

Becca no conseguía estar lo bastante cerca de él. Ni tampoco retirarse. Y tenía la sensación de que toda su vida había estado encaminada ahí, a ese beso. A Theo.

–Theo... –murmuró ella.

Theo la alzó contra su pecho para que le rodeara la cintura con las piernas. Ella notó su miembro erecto contra su entrepierna y se movió contra él, provocando que ambos se estremecieran. Él introdujo los dedos en su cabello, le retiró la goma de la coleta e inhaló el aroma floral de su melena. La besó de nuevo, con tanto talento que ella se estremeció de nuevo. Ardía de deseo.

Él la volvía loca.

–Dime... –dijo él contra su boca, presionándola con su miembro erecto y provocando que ella deseara moverse de forma salvaje–. ¿Ya has visto la luz?

–Sabes que sí –susurró ella–. Resulta que eres un hombre muy iluminador.

Theo sonrió. Satisfecho.

Y después, la tomó en brazos y la llevó escaleras arriba hasta su dormitorio.

Becca apenas se fijó en los detalles de la habitación. Se encontró tumbada en la cama y con Theo a su lado.

Él le quitó las botas y las dejó caer junto a la cama. Se quitó el abrigo y el jersey que llevaba debajo y se colocó sobre ella, descansando sobre su entrepierna y provocando que suspirara con una mezcla de deseo y satisfacción.

Theo no hablaba. La besó en el rostro, desde la frente a la barbilla, y después en el cuello. Le acarició los pechos a través de la tela del vestido, jugueteando con su dedo pulgar sobre los pezones erectos hasta que ella arqueó el cuerpo contra el de él.

Ella se sentía como si llevara toda la vida esperando para acariciarlo, para recorrer sus músculos con los dedos, con la boca. Él tenía la piel suave y caliente y al tocársela, ella sentía que el mundo daba vueltas a su alrededor.

Theo se sentó y la miró. Después tiró de ella para que se sentara también y le retiró el vestido por encima de la cabeza. Al verla cubierta únicamente por la ropa interior, suspiró. Al instante, le sujetó el rostro y la besó de forma apasionada. Más tarde, deslizó la boca hasta sus senos y se los besó a través del sujetador de encaje, provocando que ella echara la cabeza hacia atrás y cerrara los ojos. Le acarició el vientre, llevó las manos a su espalda y le desabrochó el sujetador. Un inmenso placer se apoderó de ella cuando él succionó sobre uno de sus pezones, para más tarde, hacer lo mismo sobre el otro. Aquella exquisita tortura hizo que ella se retorciera entre sus brazos, arqueándose contra él, intentando colocarse sobre su miembro erecto.

Él se rió un momento y la sentó a horcajadas sobre su cuerpo para acariciarle el lugar más íntimo de su ser. Durante un instante permaneció con la mano allí, sin moverse, haciendo que ella jadeara de deseo e impaciencia. Ella podía sentir el calor de su mano a través de la tela de encaje y no pudo evitar moverse contra su palma, suplicándole que terminara con aquella tortura.

Sin embargo, Theo continuó besándola una y otra vez, hasta que por fin introdujo la mano bajo su ropa interior y la acarició con los dedos. Una caricia, y otra... Al ver que ella empezaba a jadear, introdujo un dedo en su cuerpo. Y después otro. Entonces, sin dejar de besarla, comenzó a moverse a un ritmo irresistible.

Becca se agarró a sus hombros y se movió una y otra vez hasta que pronunció su nombre y sintió que se partía en mil pedazos.

Cuando recuperó la normalidad, estaba tumbada sobre la cama, desnuda, disfrutando de los besos que Theo le daba en el vientre.

Bajó la mirada y vio el contraste de su cabello negro contra su piel pálida. Desde esa perspectiva él parecía mucho más grande y fuerte. La sujetó por las caderas y lamió su ombligo, para después deslizarse hacia abajo y avivar el fuego que ella creía extinguido.

Becca trató de retirarlo, pero él no se movió. La miró y ella vio que sus ojos ardían con deseo. Se estremeció.

—Te deseo —susurró ella—. Quiero sentirte dentro de mí.

—Eres tan directa —bromeó él, mientras le sujetaba las nalgas con las manos y la levantaba hacia él—. Apenas nos conocemos.

—Theo...

—Por suerte —continuó él, separándole las piernas para colocar sus hombros entre ellas—, tengo la solución perfecta.

Inclinó la cabeza y presionó la boca contra su sexo, saboreándola despacio y en profundidad.

Capítulo 9

BECCA llegó al orgasmo otra vez, casi inmediatamente, pero Theo no podía parar. Ella era irresistible y no conseguía saciarse.

Había saboreado su cuerpo, y aunque estaba tan excitado que le dolía el miembro, no podía retirarse. Ella gemía su nombre y a él le gustaba. Demasiado. Jugueteó con su lengua provocando que se estremeciera y sólo cuando Becca comenzó a mover la cabeza de un lado a otro sobre la colcha, él se retiró para quitarse los pantalones.

Becca estaba tumbada delante de él, como si fuera una diosa. Sus pechos eran perfectos y su sabor era delicioso. Las curvas de su cuerpo lo intoxicaban y no conseguía calmarse.

Cuando regresó a la cama, ella se arrodilló para recibirlo. Theo agradeció el tacto de su piel desnuda y la suavidad de su vientre contra su miembro.

La deseaba tanto que sentía algo similar al dolor. Pero no podía pensar en ello. La luz de la tarde ensombrecía la habitación, pero ella parecía brillar en el centro.

Theo no podía esperar más. La levantó una pizca, colocándola sobre su miembro, y la penetró.

Ella gimió y echó la cabeza hacia atrás. Se movió para rodearle la cintura con las piernas y él aprovechó para tumbarla en la cama con él. Entonces, empezó a moverse, entrando y saliendo de su cuerpo y disfrutando de su húmeda entrepierna.

Becca era suya. Por fin.

Se sentía como si la hubiera estado esperando siempre. Como si estuviese hecha para él, como si encajara con su cuerpo a la perfección.

De pronto, la pasión se apoderó de él y comenzó a moverse deprisa. Besó a Becca en el cuello y le mordisqueó la piel mientras pronunciaba su nombre. Ella empezó a gemir, se puso tensa y, cuando llegó al orgasmo por tercera vez, gritó.

Theo pronunció su nombre con fuerza y se dejó llevar también por el orgasmo.

—No es posible —murmuró ella—. Ni siquiera para el gran Theo Markou García —comentó ella entre risas.

Theo sonrió y rodó sobre la cama, de modo que ella quedó tumbada sobre él, con sus senos apretados contra su torso. Contemplando su rostro, él se movió hasta casi salirse de su cuerpo, y después la penetró de nuevo. Jugueteando. Prendiendo de nuevo la llama.

Ella suspiró de placer y sus rasgos se volvieron más bellos.

«Es mía», pensó él. «Toda mía».

—Te lo advertí —dijo él, penetrándola despacio y observando como sus ojos oscurecían de deseo—. Una vez no es suficiente.

La besó de nuevo con ardor y se perdió en el interior de su cuerpo.

Una vez más.

La semana pasó envuelta en una bruma de sensualidad y, cuando llegó la siguiente y Becca tuvo que enfrentarse a la realidad en forma de familia Whitney, se encontró con que no estaba preparada para ello.

«Parece que he olvidado el motivo por el que estoy aquí», pensó mientras daba los últimos retoques al vestuario que llevaría aquella noche. Era como si hubiese aparecido mágicamente en aquel ático, en la cama de Theo, y todos los demás motivos fueran opacos. «O quizá, simplemente deseo que esto sea verdad», pensó ella, enfrentándose a la desagradable realidad.

Porque le resultaba más fácil vivir del recuerdo de las horas que Theo y ella habían pasado en la cama, abrazados y explorando sus cuerpos con pasión y creatividad. En la cama, Theo era un hombre sensual, exigente, metódico y despiadado. Un amante estupendo.

—Despierta —le había ordenado aquella mañana, mientras le acariciaba el cuerpo y la penetraba, excitándola con cada movimiento.

Ella había ardido de pasión antes de que pudiera recordar dónde estaba o quién era.

Becca cerró los ojos con fuerza un instante. Cuanto más disfrutaba de él, más lo deseaba, con una intensidad que nada conseguía satisfacer. Ésa era otra cosa que no se atrevía a pensar. Otro de los asuntos que siempre dejaba para más tarde.

Pero esa noche tenía que enfrentarse a los demonios. A sus parientes. Esa noche no podría evitar la cruda realidad de su presencia allí.

Se miró por última vez en el espejo y enderezó los hombros. Sabía que su aspecto era el adecuado. Como el de Larissa. Se había peinado como ella y había elegido un vestido sencillo que brillaba cuando se movía. También se había maquillado a la perfección e incluso se había puesto unas lentillas que hacían que sus ojos parecieran de color verde. Era todo lo que conseguiría parecerse a Larissa.

Pero sentía un nudo en el estómago y colocó las manos sobre su vientre para tratar de deshacerlo.

—Esta noche cenaremos en casa de los Whitney —le había dicho Theo durante el desayuno. Ni siquiera había levantado la vista del ordenador. Era como si ella no hubiera gritado su nombre media hora antes, como si él no le hubiera dejado una marca en el cuello con los dientes, justo cuando iba a llegar al orgasmo.

Era como si estuvieran en el mismo lugar que al principio. Le daba la sensación de que había pasado tanto tiempo que al principio le costaba comprender lo que sucedía y, cuando por fin lo comprendió, se sorprendió de lo doloroso que era. De lo mucho que la afectaba.

—No puedo pensar en nada que me apetezca menos —dijo ella, decidida a no mostrarle que su manera de hablar le había hecho daño.

–No era una petición –dijo él, dejando claro que no admitía discusión alguna.

Y sus palabras le recordaron cuál era su lugar. Y la situación. No hizo falta que él lo dijera. Él no tenía que decir nada.

Era como si la hubiera lanzado desde la terraza del ático, permitiendo que se estrellara en las calles de Manhattan. Con esa brusquedad fue como Becca volvió a la realidad.

«Despierta, idiota» se mofó de sí misma. «Bienvenida a la realidad».

Porque la cruda realidad era que él quizá la deseara en su cama. Quizá pronunciara su nombre y murmurara palabras a las que ella no quería dar mucha importancia. Quizá la sonriera como si ella fuera capaz de iluminar su mundo. Pero sobre todo, él quería que fingiera que era Larissa. Quizá incluso había estado fingiendo que ella era Larissa en todo momento.

La idea hizo que Becca sintiera náuseas.

Pero era tonta por haberse olvidado de esa posibilidad. Y también porque, incluso en esos momentos, mientras atravesaba el ático para encontrarse con el conductor que la esperaba en el recibidor, deseaba que Theo estuviera allí en lugar de esperándola en la mansión de los Whitney. Anhelaba tocarlo y sentir ese deseo que creía que la consumiría siempre, cada vez que lo viera. Ése era el efecto que Theo tenía sobre ella.

«Me ha destrozado», pensó ella con desesperación, y ni siquiera había comenzado la parte más dura de aquella locura.

Mucho antes de lo deseado, Becca se encontró frente a la mansión de los Whitney, mirándola desde la limusina en la que la habían trasladado desde el garaje del ático de Theo. El garaje que Theo no había empleado a propósito el día en que permitió que los paparazzi los acosaran.

Era curioso como ese recuerdo le causaba desconsuelo cuando el día en que sucedió no le dio importancia. Al contrario, lo había comprendido tan bien que había acabado directamente en la cama de Theo, y desde entonces apenas había salido de ella.

¿Qué le había sucedido? No debía haber permitido que eso pasara. Lo sabía desde el día en que entró en la mansión de los Whitney y notó que su cuerpo la alertaba acerca de la amenaza que él representaba. Theo había hecho que se exhibiera delante de él, la había ordenado, pero nada parecía importarle. Ni siquiera era capaz de indignarse, puesto que se consideraba su propia desgracia. Sabía que estaba perdida. Y quizá para siempre.

El coche se detuvo, provocando que ella volviera a la realidad. Cuando el conductor le abrió la puerta, Becca bajó del vehículo y miró hacia la mansión. El edificio ocupaba toda la manzana y por la noche parecía más siniestro, a pesar de que la fachada estaba bien iluminada por unas luces que resaltaban su estilo gótico.

Becca se dirigió hacia la escalinata de la entrada y recordó la última vez que había estado allí. Apenas podía recordar cómo era entonces y por eso se detuvo un instante. Se fijó en el vestido elegante, en los zapatos, y en el bolso lujoso que se había puesto.

Nada parecido a los vaqueros viejos y la sudadera con capucha que llevaba aquel día. De pronto, tuvo una premonición. La imagen de sí misma con sus botas y su ropa vieja, pero con el peinado de Larissa y su nueva forma de comportarse, regresando a Boston, sola. Una extraña mezcla entre su prima y ella, todo en el mismo cuerpo. En lugar de restar importancia a aquella imagen, como habría hecho otras veces, sintió que una inmensa tristeza la invadía por dentro. Pero no tenía tiempo de saber por qué. Estaba en casa del enemigo y esa noche iba a sufrir, de un modo u otro.

No había tiempo para la tristeza.

Estiró la mano y, antes de pensárselo mejor, llamó al timbre.

Menos de diez minutos más tarde descubrió que la rabia era mucho más útil. Era un arma que podía blandirse.

Becca estaba de pie en una de las elegantes salas de aquel enorme palacio, sujetando una copa de vino en una mano y conteniendo su genio con todo lo demás.

—Bueno —dijo su tía Helen, rompiendo el incómodo silencio que había comenzado cuando Becca entró en la habitación—. Su parecido es verdaderamente impresionante. Eso no hay quien lo discuta.

No había nadie más en la fría habitación. Becca

suponía que Theo y Bradford estarían reunidos en otro lugar, hablando de sus finanzas. Así que sólo quedaba Helen para formar el comité de bienvenida. Estaba sentada en una de las butacas que había cerca de la chimenea y la miraba con el ceño fruncido.

–No podía imaginar que fuera posible –continuó Helen–. Después de todo, cuando apareciste aquí la última vez, parecías una indomable salvaje.

–Creo que con eso quieres decir que parecía pobre –dijo Becca, apretando la copa de vino con tanta fuerza que pensaba que podía partirla en dos–. A mi entender, para ti, un pobre es todo aquél que no posee un jet privado y una variedad de segundas residencias. El resto, los llamamos gente normal.

La mujer la miró ofendida.

–Es una lástima que Theo no haya podido mejorar tus modales –dijo Helen. Su sonrisa era completamente falsa–. Aunque quizá esto sea todo lo que alguien como tú puede mejorar.

Becca se sintió furiosa y paralizada al mismo tiempo. Se obligó a moverse hacia el único mueble que no parecía juzgar a sus ocupantes, un estupendo sofá de color rojo y blanco. Una vez sentada, miró a Helen una vez más.

–Puede ser muy difícil entrenar a los plebeyos –dijo ella, con ironía–. Resulta muy difícil inculcar los exquisitos modales que acompañan a la aristocracia de forma natural.

–Al margen de sus fallos –dijo Helen arqueando las cejas y como si hubiera hecho un acto heroico al ignorar las palabras de Becca–, al menos Larissa era capaz de comportarse como una Whitney cuando era necesario.

Becca negó con la cabeza.

—Sé que esto debe de dolerte tanto como a mí —dijo Becca—, pero resulta que yo soy una Whitney. El hecho de que le dieras la espalda a tu única hermana, y que ocultar tus tesoros en esta morgue que llamas casa, sólo te entristece. Pero no por eso dejo de ser tu sobrina.

Para su sorpresa, Helen no reaccionó más que con una pequeña sonrisa tiznada de nostalgia. De pronto, se parecía más a la madre de Becca de lo que ella hubiera creído posible. Becca tuvo que tragar saliva para contener la emoción que amenazaba con inundarla.

—No te pareces nada a tu madre —dijo Helen, al cabo de unos instantes—. Ella sacó el parecido de nuestra rama paterna, como el resto de nosotros. Pero hablas igual que ella —pestañeó—. Es extraordinario.

Esa vez, el silencio que tuvo lugar fue menos tenso. Becca fijó la mirada en su copa de vino, centrándose en el líquido dorado como si pudiera solventar todos sus problemas y desvanecer los fantasmas. Aquello era lo más parecido que podía tener a la feliz reunión familiar que había imaginado tantas veces cuando era una niña. Era evidente que no habría el esperado abrazo por parte de su tía a su niña perdida pero, al menos, habría algo más de lo que había antes.

Eso no debería haberla consolado. No debería servirle como un bálsamo para una vieja herida.

—Realmente te pareces mucho a Larissa –dijo Helen, al cabo de un momento–. Theo ha hecho un trabajo estupendo, como siempre.

—Es un hombre con talento –dijo Becca.

—Theo es el hombre más tenaz y despiadado que conozco –dijo Helen–. No permite que nada lo distraiga de su objetivo. Nada –añadió con cierta intención.

Becca se sintió extremadamente expuesta. ¿Cómo podía Helen saber lo que había pasado entre ellos? ¿Lo llevaba grabado en el rostro? Pero sabía que no podía ser. Durante las semanas anteriores se había esforzado mucho para asegurarse de que su rostro sólo mostrara lo que ella quería mostrar. En ese caso, el fantasma de una chica que nunca se disgustaba por nada, y menos cuando alguien podía verla.

—Parece una cualidad excelente para que la tenga el director ejecutivo de la empresa familiar –dijo Becca–. Enhorabuena.

—Tampoco es el tipo de hombre que se conforma con sustituciones –continuó la tía, hablando con el mismo tono educado pero mordaz–. Ya has visto cómo vive. Theo exige y recibe lo mejor. No le vale nada más.

Becca no pudo contener la risita que se le escapó. ¿Estaba asombrada? ¿O sólo horrorizada de que aquella mujer estuviera poniendo en palabras todos sus temores?

—Lo siento –dijo ella, obligándose a mirar a Helen a los ojos, con calma–. ¿Me estás advirtiendo algo? ¿Es eso?

–No lo comprendes –dijo Helen–. No es un juicio de valor, simplemente un hecho. Creo que sería fácil confundir las cosas.

Becca bebió un sorbo de vino y frunció el ceño.

–Demasiado fácil olvidarse de una misma.

Becca podía haber fingido que no comprendía nada. Pero aunque Helen no conociera los detalles, eran las suposiciones lo que hacía que a Becca le hirviera la sangre. Porque, por supuesto, la pariente pobre se enamoraría de un hombre como Theo y no se percataría de que él la estaba utilizando como sustituta. Por supuesto. Helen pensaba que era idiota. Helen creía que cualquiera que no perteneciera a su mundo era estúpido por definición.

–Te basas en la suposición de que yo quiero lo que vosotros tenéis –dijo Becca–. Lo que Larissa tenía. Y no es así –se rió–. Yo no quiero nada que tenga que ver con este mundo falso y venenoso, te lo aseguro.

–Si tú lo dices –dijo Helen, poniéndose en pie–. Pero eso no cambia las cosas, ¿no crees?

Capítulo 10

ERA el momento.

Theo estaba sentado en la larga mesa de comedor, ensimismado mientras contemplaba a su perfecta creación. Era la personificación de Larissa, tal y como él le había enseñado. Pensaba que era más que Larissa, puesto que tenía más vida, más chispa de la que nunca había tenido su prima. Pero al mirarla nadie pensaría que había nada raro. Eran muy parecidas.

Eso significaba que él había tenido éxito. Y debía sentirse exultante. El plan que apenas tenía posibilidades de funcionar, había salido de maravilla. Había creado a su propio fantasma y había llegado el momento de dejarla hacer aquello para lo que había sido creada. Encantar. Confundir. Y conseguir que él recuperara las acciones que iban a ser suyas en un principio.

Era una lástima que se sintiera como si ya lo hubieran encantado.

—Espero que leas el contrato con cuidado —Bradford le decía a Becca mientras miraba el pato que le habían servido en el plato.

Aparte de la mirada de arriba abajo que le había

echado cuando entró en la habitación, Theo creía que Bradford no la había mirado directamente.

–No, prefiero firmar los documentos que tienen pinta de amenazantes sin mirarlos –dijo Becca, mirándolo con el ceño fruncido–. Me parece mucho más divertido llevarme una decepción y que me pille por sorpresa.

Theo no debería encontrarla tan divertida como lo hacía.

–Estás haciendo un buen papel en los periódicos –dijo Bradford–. Pero tu actitud irrespetuosa no dice mucho de ti.

–Curioso –dijo Becca, con aparente despreocupación, aunque Theo notó que trataba de ocultar su tensión–, pero sí me leí el contrato. Sobretodo la parte en la que se describe lo que tengo que hacer y lo que recibiré a cambio de ello –arqueó las cejas con gesto retador–. Pero en ningún sitio ponía que tenía que impresionarte con mi actitud.

Bradford dejó los cubiertos sobre el plato y se limpió los labios con la servilleta. La habitación estaba en silencio y sólo se oía el sonido que hacía Helen al beber el vino. Becca miraba a Bradford expectante.

Por fin, Bradford miró a su sobrina. Theo sabía que, si era un buen hombre, debía parar aquello cuanto antes, porque no le hacía falta ser adivino para saber que Bradford se comportaría de forma cruel con Becca. Sabía que era inevitable. Pero también sabía que cualquier muestra de protección por su parte sólo serviría para que Bradford fuera peor.

Además, era consciente de que para que Becca pudiera actuar como Larissa, tenía que pasar por una de las experiencias más características de su vida: tratar con su padre.

También sabía que Becca era más fuerte que Larissa. Más dura. Más fiera. Y que sabría manejar la situación.

Así que no dijo nada. Y se odió todavía más.

—La sangre lo dirá —dijo Bradford—. Y no hay duda de que la tuya es una mancha en la familia Whitney.

Theo deseaba retorcerle el cuello. Sin embargo, no hizo nada. Ésa era su batalla, aunque no hubiera querido librarla. Simplemente se sentó y observó.

—Mi sangre es la sangre de los Whitney —contestó Becca con sarcasmo y sonrió—. ¿O es que no sabes nada de genética?

—Eres la hija bastarda de mi hermana, la zorra —dijo Bradford con su tono calmado.

Theo vio que Becca se ponía tensa y que sus mejillas palidecían una pizca, pero no había nada más que indicara que aquellas terribles palabras la habían herido. Igual que él tampoco había dejado ver que deseaba darle un puñetazo a Bradford por hablarla de esa manera. «Eres un gran héroe», se burló con ironía. Se había convertido en un gran hombre. ¿Y no era igual que Bradford? ¿No buscaba lo mismo que él?

—Quiero asegurarme de que no tienes delirios de grandeza. Los contratos son blindados. Recibirás tu dinero y desaparecerás. No regresarás nunca. Y no pedirás más. No te dirigirás a los medios para ven-

derles tu historia cuando vuelvas a estar desesperada
–la miró casi como un tío debía mirar a su sobrina–.
Te meterás en el agujero del que has salido y per-
manecerás en él.

Helen miró a Theo y le dijo:

–No pensarás quedarte ahí sentado mientras Bradford despelleja a tu protegida –dijo ella, de modo insinuante.

–Becca puede cuidar de sí misma –murmuró Theo,
como aburrido, y no se permitió mirar a Becca directamente, por mucho que deseara hacerlo.

Y Becca, siendo Becca, no iba a encogerse de miedo. Ella no lloraba, como podía haber hecho Larissa,
ni expresaría su frustración. Simplemente, estiró el
brazo y dio unos golpecitos en el borde de la copa
de vino, tan serena como si acabara de recibir un tratamiento relajante. Theo había visto a grandes hombres de negocios temblar ante la crueldad de Bradford, pero aquella mujer no.

Su Becca no.

–¿Me estoy perdiendo algo? –preguntó ella al
cabo de un momento con voz calmada–. ¿Hay algún
motivo por el que creas que yo querría volver a este
horrible lugar? ¿Con vosotros? –soltó una risita–.
¿Al seno de esta familia? Supongo que comprenderás que preferiría que me echaran viva a un agujero
lleno de serpientes.

–Eso es fácil de decir ahora y difícil de recordar
cuando tu mugrienta vida se convierta en algo demasiado insoportable –contestó Bradford, con la seguridad de que sabía cómo se comportaría Becca

cuando se marchara de allí, y de que regresaría con las manos abiertas.

—¿Y en qué te basas para hablar así? —preguntó Becca—. ¿En tus suposiciones acerca de cómo viven aquéllos a los que miras con desprecio? Porque, desde luego, no puede ser por experiencia.

Theo se preguntaba cómo había podido vivir tanto tiempo sin ella. Y cómo diablos podría seguir viviendo así, sabiendo que existía.

—El apellido Whitney siempre ha atraído malas influencias —contestó Bradford—. A tu padre, por ejemplo.

Becca sonrió a Bradford con suficiencia y replicó:

—Mientras que tú, mi querido tío, eres un modelo para todos nosotros,

Theo notaba su enojo en la voz. Ella lo miró fijamente con sus ojos de color verde, gracias a las lentes de contacto. Él prefería el color avellana. Sus miradas se encontraron provocando que se encendieran los recuerdos. La de ella era de exigencia. «O de condena», pensó Theo. Porque él no la estaba ayudando. No la estaba defendiendo. Simplemente estaba allí sentado, mirando sin hacer nada, mientras Bradford la atacaba salvajemente.

Ése era él. La sombra de un hombre. Digno de nada y de nadie, por mucha riqueza y poder que tuviera acumulado.

Sin embargo, consciente de todo aquello, Theo permaneció en silencio. La miró y arqueó las cejas, animándola a continuar porque sabía que podía hacerlo. Era más que capaz. Ni siquiera lo necesitaba.

«Pelea», pensó él. «Gana». Los ojos de Becca se oscurecieron cuando ella interpretó su mirada. Theo supo que lo había comprendido al ver que tragaba saliva, asentía ligeramente y se volvía de nuevo.

–Habría sido mejor que no hubieras nacido –dijo Bradford, dispuesto a arrasar con todo aquello que se interpusiera en su camino–. Arruinaste la vida de mi hermana.

Helen se quedó boquiabierta. Becca lo miró un instante. Theo podía ver el dolor en su mirada, la traición, y cierto aire de resignación. Eso era lo que más le dolió.

Él cerró los puños por debajo de la mesa.

Pero aquélla seguía siendo su batalla.

–Comprenderás que ésta no es una opinión –dijo Bradford–, es un hecho.

Becca se retiró de la mesa y se puso en pie, tirando la servilleta sobre la brillante superficie con elegancia. Theo comprendió en ese momento que no sólo era la mujer más bella que había visto nunca, sino la más preciada para él. También, que la perdería. O quizá ya lo había hecho.

–Siempre pensé que mi madre exageraba –dijo Becca al cabo de un momento. Miraba a Bradford como si su gélida mirada no la molestara en absoluto–. Sin embargo, eres más desagradable de lo que ella quería admitir. Solía mirar las fotos de Larissa en las revistas y me preguntaba cómo alguien que había recibido todo, podía hacer tan poco con ello. E incluso fracasar de forma espectacular –frunció los labios–. Pero ahora sólo puedo preguntarme cómo pudo ella sobrevivir. En realidad nunca tuvo una oportunidad, ¿no es así?

—No sabes nada acerca de mi hija —dijo Bradford—. ¿Cómo te atreves?

—De hecho —contestó Becca—, supongo que sé más acerca de tu hija que cualquiera de los presentes en esta habitación. Y hay una cosa absolutamente cierta, merecía algo más que a vosotros. Mucho más.

Se volvió para dirigirse hacia a la puerta y Theo no pudo decidir si debía aplaudirla por su fortaleza o lamentar que hubiera tenido que enfrentarse a tanta crueldad.

—Esta pataleta no tiene importancia —gritó Bradford—. Todavía tienes que cumplir con tu obligación aquí, o el contrato será nulo.

—¿Por qué te importa tanto? —preguntó Becca, mirándolo por encima del hombro—. Está claro que estimas muy poco a Larissa —miró al resto con expresión de condena—. Entonces, ¿por qué tiene ella tanto poder?

—¡Poder! —se rió Bradford—. Tiene tanto poder como tú.

—Sin embargo, estás dispuesto a hacer todo esto para poder arreglar lo que crees que ella estropeó —dijo Becca—. Quizá sea la única manera que ella encontró para daros donde realmente dolía. Si despertara, la felicitaría... Está claro que lo consiguió.

Frunció los labios y miró a los demás, de uno en uno: Bradford la miraba fijamente, Helen estaba sentada en silencio, y Theo, que evidentemente sentía cosas que no podía mostrar.

—Becca —dijo él, y aunque sus ojos eran verdes como los de Larissa, él la reconoció en ellos. La reconocería en cualquier sitio, independientemente del aspecto que tuviera.

—Estoy tentada a salir de aquí y permitir que ella gane —dijo Becca en voz baja—. Puede que lo haga.

Y Theo descubrió que le resultaba muy difícil hacer otra cosa que no fuera admirarla, añorarla, y preguntarse una vez más cómo podría sobrevivir sin ella, al ver que Becca se daba la vuelta y salía de la habitación.

Becca estaba tan disgustada que apenas podía ver con claridad. Se percató de ello cuando comenzó a respirar con normalidad y se dio cuenta de que, en lugar de dirigirse a la entrada principal, se había perdido en el interior de la mansión.

Se detuvo un instante y se llevó la mano al corazón antes de respirar hondo. Miró a su alrededor y decidió que nunca había estado en esa zona de la casa. Notó que empezaban a temblarle las piernas y cerró los ojos un instante.

Estaba enfadada consigo misma.

¿Qué esperaba? Se había convencido de que sólo deseaba una cosa: dinero para ayudar a Emily. Theo había sido una complicación imprevista pero, sinceramente, ella había creído que podría manejarla. Había pensado que, independientemente de lo que hubiera pasado, seguía centrada en su objetivo.

Había mentido. Incluso a sí misma. Y no se había

dado cuenta hasta esa noche. Hasta ese momento, en el que se había dado cuenta de lo destrozada que estaba. Porque, de pronto, no podía escapar de la verdad.

Había pensado que era una mujer dura y tan preparada que podría hacerlo. Había pensado que era inmune. Sin embargo, seguía siendo la niña pequeña que no comprendía por qué el resto de su familia no la amaba. La niña pequeña que creía que de verdad había arruinado la vida de su madre. No importara cuántas veces hubiera tratado de discutírselo, la realidad era que se sentía vacía, desnuda, por todo lo que aquel hombre terrible le había dicho.

Y peor aún, por la creencia de que esas cosas eran verdad.

Era como la mendiga del festín y siempre lo había sido, aunque se hubiera repetido muchas veces que no deseaba lo que ellos querían. Pero eso no significaba que pudiera comprender que ellos siguieran negándoselo.

Odiaba que le doliera. Que Bradford la hubiera herido. Que se hubiera dejado engañar por el breve momento de ternura que había mostrado Helen, llegando a pensar que esa gente no era tan mala.

Además, se odiaba por haber permitido que Theo hubiera a llegado a importarle tanto, por haberse creído la manera en que él la miraba. Incluso había creído que podría manejar a Bradford, que él no le haría daño. Que podría ser la persona que Theo creía que era. Suficientemente fuerte como para librar la batalla sin su ayuda, sin necesitarlo. Para marcharse de allí sola, como si estuviera perfectamente bien. Y durante unos instantes, se lo había creído. Había pensado que Theo estaba allí para ella, observando en silencio y dispuesto a saltar si ella lo hubiera necesitado. Se lo había creído.

Deseaba tirarse al suelo y llorar. Estaba sola. Siempre había estado sola. Había sido la niña extraña en la pequeña familia que su madre había creado con su marido y Emily, el vergonzoso recuerdo del sórdido pasado de Caroline. Y tras la muerte de Caroline sí que había estado sola, luchando por mantener a Emily a su lado y para cumplir los deseos de su madre. Era lo que le debía a la mujer que había perdido todo por ella. Entonces, ¿por qué el hecho de sentirse sola en aquel lugar extraño hacía que se le encogiera el estómago y se le llenaran los ojos de lágrimas? ¿Por qué se sorprendía de que así fuera?

¿Por qué se había planteado que las cosas podían ser diferentes? Vio una luz al final del pasillo y se dirigió hacia ella, pero su mente estaba muy lejos de allí.

Recordó el cabello negro de Theo, su boca, sus manos... Y su cuerpo reaccionó como si estuviera a su lado. De pronto, supo lo que llevaba negándose mucho tiempo. El motivo por el que había esperado algo de aquel hombre al que debería haber considerado su enemigo.

Lo amaba. Soltó una carcajada llena de amargura que resonó en el pasillo. ¿Cómo podía haber permitido que pasara?

Era una idiota.

–Enhorabuena, Becca –dijo en voz alta mientras avanzaba por la alfombra hacia la luz–. Has conseguido hacer que una situación mala se convierta en una mucho peor.

Lo amaba. Amaba a Theo Markou García, un hombre que amaba el dinero y el poder por encima de todo. Un hombre que creía estar enamorado de una mujer que apenas conocía, de una fantasía, de un sueño. Un hombre que nunca podría amarla a ella. Ni siquiera aunque quisiera, y dudaba mucho de que fuera así. Después de todo, como había dicho Helen, él era un hombre que deseaba lo mejor. No una sustituta.

Llegó al final del pasillo y entró en la habitación. Era un lugar muy iluminado y diferente al resto de la casa. Se dirigió hacia las ventanas, suponiendo que podría ubicarse en la casa si tomaba como referencia la calle, y cuando estaba a mitad de camino vio que había una habitación contigua. Becca se detuvo al sentir que su corazón se detenía. Respiró hondo y se volvió, sin poder creer lo que estaba viendo.

La habitación contigua era de color azul y, en el centro, tenía una cama de hospital. A su alrededor había máquinas y perchas para la medicación intravenosa, pero Becca no se fijó en ellas. Ni siquiera oyó el pitido constante que emitían, hasta que no estuvo mucho más cerca. Sólo podía ver la silueta inmóvil que había bajo las mantas, y el cabello rubio extendido sobre la almohada. Tan frágil. Tan pequeña. Tan incapaz de crear el revuelo que había causado, tanto en su mundo, como en el corazón de Becca.

Larissa.

Capítulo 11

quella. Tan-ilusaya de creat el recuerdo que había
causado daño en su mundo, co
había.
Larissa

MUCHO tiempo después, Becca continuaba de pie junto a la puerta, observando a la mujer a la que se parecía, y que sin embargo era una extraña.

Le resultaba imposible asociar a la Larissa que había conocido a través de los periódicos, de las fotografías y de las revistas, con aquella lánguida criatura, tan quieta y silenciosa.

Se sentía como si la tierra temblara bajo sus pies y estiró el brazo para agarrarse a la jamba de la puerta.

«Somos la misma», pensó, negando con la cabeza para tratar de aclarar su confusión. Empezó a sentir un pitido en los oídos y su corazón comenzó a latir con fuerza.

Durante años, se había creado muchas opiniones distintas acerca de Larissa. E incluso había llegado a estar segura de que la conocía, de que la comprendía, y de que Larissa no era más que una princesita mimada y arrogante. ¿Cómo podía haberlo hecho? Ni siquiera la había comprendido.

Pero por algún motivo, pensaba que ya la comprendía.

Tenía algo que ver con lo frágil que parecía. Becca la veía como alguien más, como alguien herido e indefenso, alguien que tenía más o menos su misma edad y que no merecía ese final. Ni aquella locura. Era como si hubiese borrado todas las fotos de las revistas de su memoria y se replanteara todas las conclusiones a las que había llegado sobre su prima durante el tiempo que había estudiado a fondo su comportamiento. Era como si se hubiera percatado de que Larissa no era tan diferente a ella.

Pero eran lo mismo. Ambas eran producto de la familia Whitney, de su fortuna y su legado. A Larissa la habían metido de lleno en ellos desde el nacimiento, mientras que a Becca le habían negado el acceso en virtud de su ilegitimidad.

¿Y alguna de ellas había tenido una oportunidad? ¿Quiénes habrían sido si no hubiesen sido Whitney?

—Becca.

Ella cerró los ojos al oír la voz de Theo, pero no porque no deseara oírla. Sospechaba que, pasara lo que pasara, siempre se alegraría de oír su voz. Incluso entonces. Incluso ahí.

Incluso siendo consciente de la inutilidad de sus sentimientos.

—No deberías estar aquí —dijo él, colocando la mano sobre su hombro y acariciándola con el dedo pulgar.

—Ella no puede quejarse, ¿no? —preguntó Becca, volviéndose hacia él.

Theo la miró a los ojos, como si pudiera leer su

pensamiento. Y, como siempre, provocó que a ella se le humedeciera la entrepierna y se le endurecieran los pezones.

Probablemente, amar a ese hombre era lo más estúpido que había hecho nunca. Pero, al mirarlo, comprendió que no podía haberlo hecho de otra manera.

—¿Qué pasa? —preguntó él, acariciándole la mejilla.

—Nada que tenga intención de discutir —dijo ella. Era sorprendente lo difícil que le resultaba no contarle lo que sentía sin más. Y cómo deseaba aferrarse a la posibilidad de que aquel hombre fuera como ella imaginaba que era, el hombre que había pensado que era mientras se movía en el interior de su cuerpo y permitía que ella lo abrazara con fuerza.

Pero Becca no era idiota.

—Has manejado bien a Bradford —dijo él, al cabo de un momento.

—Suponía que ése era el objetivo del ejercicio —esbozó una sonrisa—. ¿No lo era?

—Ojalá yo lo supiera —murmuró él.

Becca se preguntó si era arrepentimiento lo que inundaba su mirada. Pero aquél era el hombre más poderoso del mundo. Era un hombre que no se arrepentía por nada. Y, desde luego, no por ella.

—Vamos —dijo él al cabo de un momento—. Vamos a casa.

Theo le tendió la mano y ella se la aceptó. Él comenzó a andar y Becca lo siguió, sin volverse para mirar a Larissa por última vez. No hacía falta. De algún modo, sabía que Larissa estaría con ella.

Theo despertó antes del amanecer. La habitación estaba en penumbra y Becca no estaba en su cama, a su lado.

Se incorporó rápidamente y se tranquilizó al verla, envuelta con el cubrecama y acurrucada en el sofá de cuero que estaba orientado hacia la terraza y hacia las impresionantes vistas de Manhattan.

Theo se levantó de la cama y atravesó la habitación desnudo. Al oír ruido, ella se volvió y lo recibió con una sonrisa. Pero él tuvo tiempo de ver el desconsuelo en su mirada.

Deseaba exigirle que le contara qué era lo que la inquietaba, para poder solucionarlo. Pero no se atrevió. Existía la posibilidad de que fuera él lo que había provocado que ella se levantara de la cama. O cualquiera de las partes de aquella situación que no podría cambiarse.

Así que Theo se acercó sin hablar. Le dio la mano y la puso en pie para abrazarla antes de sentarse en el sofá. La colocó entre sus piernas, de forma que su espalda quedaba apoyada sobre su torso, y la abrazó como si pudiera mantener el mundo alejado de ambos.

Ella suspiró y, al sentir el calor de su respiración sobre el brazo, él se excitó. Theo siempre la deseaba. No podía recordar cómo era desear a otra persona.

—Emily siempre fue muy lista, incluso de pequeña —dijo Becca, al cabo de un momento—. Siempre ha sido evidente que estaba destinada a tener algo mejor que el resto de nosotros.

Theo permaneció en silencio y le acarició el cabello, inhalando su aroma floral.

—Mi madre solía llamarla nuestra pequeña profesora —dijo Becca, y se rió—. Mi madre no era como ellos —dijo en voz baja—. Quizá no eligiera a los mejores hombres, pero no era como ellos. Era buena persona. Divertida. Yo siempre la recuerdo riéndose, por muy mal que fueran las cosas. Nunca se comportó de manera cruel.

—La rigidez de Bradford y Helen es un efecto colateral de ese tipo de riqueza.

—¿Excesiva? —preguntó ella.

—No, hereditaria —dijo él, sonriendo—. Ellos no han hecho nada para ganar la fortuna de la que disfrutan, así que necesitan protegerla a toda costa. No les importa nada más. Ni los consortes. Ni los hijos. Ni su propia hermana.

Ella se estremeció y se volvió entre los brazos de Theo. Él la ayudó a colocarse a horcajadas sobre su cuerpo.

Durante un largo instante, Becca lo miró con expresión solemne. Theo también la miró, hasta que la colcha se deslizó por sus hombros dejando al descubierto sus senos, a poca distancia de su boca.

—Te deseo —susurró ella, y lo besó.

Su boca era cálida y dulce, y él no podía saciarse.

Becca controlaba el beso y él le permitió que jugueteara, saboreándola en cada momento.

Al ver que Becca empezaba a respirar de forma

acelerada y que gemía contra su boca, él tiró de la colcha que los separaba y abrazó su cuerpo desnudo. Su piel suave y ardiente contra la de él. Sus pechos sonrosados y tersos contra su lengua. Y la parte más suave de su ser, derritiéndose contra su cuerpo, provocando que se volviera loco.

—Si me deseas —susurró él—, poséeme.

Y eso hizo Becca.

Becca se colocó sobre su miembro y se estremeció en el momento en que se introducía en su cuerpo, provocando que deseara gemir de placer.

Ella no comprendía qué era lo que sucedía, pero podía sentir que se le humedecían las mejillas, y ver que Theo tenía una expresión tortuosa en su mirada mientras cabalgaba sobre él. Simplemente, continuó moviendo las caderas de forma femenina hasta que él pronunció su nombre. Ella suspiró. Él la besó en el cuello y deslizó la boca por su cuerpo mientras le acariciaba la espalda. La sujetó por las caderas y empezó a marcar el ritmo. Ella arqueó la espalda, ofreciéndose a su placer. A sus caricias. A él.

El primer orgasmo invadió a Becca de manera rápida y salvaje. Él se rió contra su cuello y la abrazó, moviendo las caderas más deprisa, empujando con fuerza, sin darle oportunidad para recuperarse.

Becca se agarró a sus hombros con fuerza para recibir sus movimientos y lo miró a los ojos. Dentro de su cuerpo, Theo era grande y duro. Suyo.

Y sin dejar de moverse, inclinó la cabeza e introdujo un pezón en su boca, mientras ella comenzó a moverse al mismo ritmo que él. El placer la inundó por dentro, desde sus senos hasta el centro de su feminidad y, cuando él presionó los dedos contra su clítoris, ella alcanzó el clímax otra vez.

Theo, la siguió. Becca se derrumbó sobre él y, cuando la levantó para abrazarla contra su pecho, sólo pudo sonreír antes de quedarse dormida. Satisfecha. Y más enamorada de lo que se atrevía a admitir, incluso a sí misma.

Cuando despertó de nuevo, el sol entraba por las ventanas y Theo estaba sentado a los pies del sofá, vestido con su repelente elegancia y mirándola.

La sonrisa que Becca le dedicó de forma automática al verlo, desapareció cuando se fijó en su expresión sombría. Ella se incorporó, se retiró el cabello de la cara y se cubrió con la colcha. Sintió que se sonrojaba y se preguntó cómo, después de todo lo que habían hecho, él todavía conseguía ese efecto en ella.

Lo miró, negándose a preguntarle nada, y él enderezó los hombros y comentó:

—Ha llegado el momento —dijo de forma inexpresiva—. La fiesta de cumpleaños de Chip van Housen. Es la oportunidad perfecta para que lo engatuses para regresar a su apartamento y encuentres el testamento.

—Chip van Housen —repitió ella—. ¿No se ha preguntado por qué su amante no ha contactado con él en todo este tiempo? ¿No podría haberla encontrado por muy privada que sea la residencia de Larissa?

—Se lo pregunta varias veces al día —dijo Theo—. Está contento de creer que lo que está evitando que ella contacte con él es mi rabia provocada por los celos.

—Bien —dijo ella. Se aclaró la garganta y se preguntó por qué él seguía mirándola así, como si ya lo hubiera fallado. «Como si ya lo hubieras perdido», le sugirió una vocecita en su cabeza. Ella la ignoró—. ¿Estás en contra de las fiestas de cumpleaños? Por eso estás ahí sentado como un...

—Esta noche, Becca —dijo él con tono duro—. La fiesta es esta noche. Podrás estar de regreso en Boston dentro de un par de días.

Y eso era todo. Ése era el final. Y él lo había dicho con toda tranquilidad, como si lo único que le importase fuera que ella consiguiera hacerse pasar por Larissa, y el resto sólo hubiera sido un pasatiempo.

Tal y como Helen le había advertido. Tal y como ella había sospechado en los momentos de lucidez. Tal y como él había prometido desde un principio.

Becca tuvo que hacer un esfuerzo para mirarlo a los ojos y esbozar una sonrisa.

No importaba que sintiera el corazón roto en mil pedazos y que uno de ellos pudiera clavársele en el pulmón y ocasionarle la muerte. No importaba. Ella había firmado un contrato y conocía cuál era su sitio, aunque todo lo demás hubiera sido un sueño.

Así que sonrió de verdad.

—Esta noche —repitió ella—. Por fin.

Y si deseaba derrumbarse, acurrucarse y llorar, no lo demostró.

Capítulo 12

BECCA nunca ha estado tan bella como esta noche», pensó Theo con amargura y experimentando un sentimiento desconocido que sospechaba debían de ser celos. Theo permaneció en la butaca del vestidor de Becca, observándola mientras ella se daba los últimos retoques. No era que se pareciera mucho a Larissa, a pesar de que sí lo parecía. Era que, para sus ojos, no era Larissa. Sino alguien más fuerte, más valiente, cuya inteligencia la iluminaba de una manera que Larissa nunca había experimentado.

Él la deseaba de un modo en el que nunca había deseado a Larissa. De una manera que nunca había imaginado antes de conocerla.

Theo no quería que hiciera aquello. Sin embargo, era consciente de que había sido él quien se lo había pedido. Quien necesitaba que lo hiciera.

Era incapaz de comprenderse.

Becca había elegido un vestido que hacía que pareciera etérea. Intocable. El cabello le caía sobre los hombros y su aspecto era magnífico. Tanto, que él deseaba probarla. Devorarla.

¿Cómo iba a poder entregarla a alguien como

Van Housen? ¿Aunque fuera durante un rato y por un propósito concreto? Ella era suya. Él nunca había estado tan seguro de algo. Y, aun así, no le importaba.

Porque necesitaba esas acciones. Tenía que conseguir el control que nunca había tenido de pequeño. Y nunca había abandonado en su vida. No podía abandonar entonces. No sabía cómo hacerlo.

Sin embargo, no conseguía comprender por qué, esa noche, aquel detalle le parecía una debilidad en lugar de su mayor fortaleza.

—Dímelo otra vez —dijo ella en voz baja, mientras se retocaba el maquillaje—. No puedo hacerme a la idea de cómo, exactamente, crees que voy a ser capaz de engañar a ese hombre para que crea que soy la mujer que él conoce tan bien.

—Sabes cómo —dijo Theo—. Simplemente no quieres creerte lo que ya te he dicho varias veces.

—Porque es absurdo —dijo ella, y se volvió para mirarlo—. Él sabrá que hay algo extraño.

—Posiblemente —Theo se encogió de hombros—. Pero estás infravalorando el poder de la sugestión, Becca. Cuando tú llegues, todo el mundo, incluido Van Housen, supondrá que eres quien aparentas ser. Nadie dirá: «No es exactamente Larissa, me pregunto si podría ser su prima haciéndose pasar por ella».

—¿De veras crees que puedo acercarme a ese hombre y convencerlo de que soy alguien a quien ha conocido toda su vida? ¿Y que no sospechará nada?

—Ése ha sido el objetivo de este ejercicio, ¿no? —dijo con frialdad.

—Sin duda —sonrió ella.

—Podrías ser su hermana gemela —dijo él—. Yo mismo podría confundirte con ella.

Theo se percató de que Becca se quedaba afligida durante un instante, antes de ocultarlo tras su aspecto de dura.

Se odiaba. Y deseaba abrazarla. Deseaba detener todo aquello en ese mismo instante, cuando todavía sólo se habían hecho daño a sí mismos.

Pero era un hombre que no sabía perder. Sólo sabía ganar por todos los medios. Aunque fuera aquél.

Aunque ganar aquella larga batalla para hacerse con Whitney Media significara perder a Becca. No sabía cómo sobreviviría sin alguna de las dos cosas, y primero había deseado la maldita empresa.

—Está bien —dijo ella, bajando la mirada como si lo que hubiera visto en los ojos de Theo fuera demasiado—. Entonces, será mejor que nos vayamos.

El trayecto hasta el lugar donde se celebraba la fiesta de Van Housen fue espantoso.

Becca tenía calor y luego frío. Como si tuviera fiebre. No podía hacer aquello. No.

Sin embargo, no tenía otra opción. Y no porque hubiera firmado el maldito contrato, sino porque sabía lo mucho que Theo deseaba esas acciones. Y cómo creía que las necesitaba, como si así fuera a sentirse completo, de algún modo, compensándolo por su niñez. Y si de ella dependía conseguírselas, ¿cómo no iba a hacer nada al respecto?

Por mucho que le costara.

Pero ¿cómo podría hacer aquello?

—Debes asegurarte de que te lleva a su apartamento después de la fiesta —dijo Theo, cuando el coche aminoró la marcha.

—Lo sé —dijo ella, sin mirarlo. Estaba muy tensa y trataba de convencerse de que todo iba a salir bien a pesar de que tenía la evidencia de que sería justo lo contrario.

—¿De veras? —se volvió hacia ella y la miró de forma calculadora.

Ella deseaba alejarse de él, porque temía lanzarse a sus brazos y pedirle que interrumpiera aquella pesadilla.

Pero no era una pesadilla, era una situación que había creado Theo. A propósito. Y esa noche terminaría todo. ¿Cómo podía haberlo olvidado?

—Por supuesto —contestó Becca—. Puede que haya aceptado vestirme y actuar como una prostituta como me ordenaste, Theo, pero esa falta de juicio no afecta mi capacidad para comprender qué se espera de mí.

—No recuerdo haberte pedido que te prostituyas —soltó él.

Ella ladeó la cabeza y lo miró un instante.

—¿Qué crees que pasará cuando ese hombre vea entrar a su amante en esa sala, después de tantas semanas? ¿Qué crees que esperará de ella cuando la lleve a casa? ¿Una conversación agradable? —se rió ella—. No es algo muy realista, ¿no crees?

—¿Permite que me asegure de que te he comprendido? –dijo él–. ¿Crees que tendrás que acostarte con Van Housen para conseguir el testamento?

Ella se encogió de hombros.

–¿Si no, cómo podría ser? –preguntó–. Esto es la vida real, Theo, no un juego. La gente real tiene expectativas reales. ¿Quieres hacerme creer que tú no has pensado en esa posibilidad?

–Van Housen suele estar demasiado afectado por las sustancias que ha consumido como para ser una amenaza –dijo Theo–. De lo único que me preocuparía, si fuese tú, es de la posibilidad de que vomite. Quizá encima de ti.

–Por favor. ¿Va a reunirse con su amante de hace mucho tiempo y crees que se va a desmayar? Qué imaginación tienes, Theo. Pero creo que descubrirás que la vida real no suele estar tan controlada.

Theo estiró la mano y le acarició el cabello. ¿Cómo era posible que un gesto tan sencillo hiciera que a Becca le entraran ganas de llorar?

–Pareces demasiado dispuesta a vivir tu peor expectativa para esta noche –dijo él.

–Soy realista –respondió ella, mirándolo de manera retadora y suplicante a la vez– ¿No era eso lo que tú querías, Theo? ¿No se trataba de eso? ¿De crear la trampa perfecta?

–¡No! –exclamó él.

–Entonces, ¿qué?

Él se acercó a ella y la sujetó por los hombros para atraerla hacia sí.

–No quiero que te toque –susurró Theo, tan bajito que ella apenas lo oyó.

Entonces, la besó. La poseyó con la boca, provocando que la llama de la pasión la incendiara por dentro y se moviera en el asiento para acercarse a él.

Pero, entonces, él la separó. Se retiró de su lado y miró por la ventana, pensativo. Distante. Y ella lo comprendió. Antes de que él abriera la boca, lo comprendió todo.

–He de conseguir ese testamento.

–Por supuesto –respondió ella, sin poder ocultar la amargura de su voz.

–Lo dices como si te hubiera decepcionado de alguna manera –dijo él, mirando hacia las calles de la ciudad–. Como si ése no hubiera sido el plan desde un principio. El plan que tú aceptaste y por el que serás recompensada.

Ella se rió, porque él tenía razón y eso era lo que ella misma se había dicho. Pero al oírlo de su boca, algo se rompió en su interior y la llenó con sentimientos de rabia, de traición. De dolor. De un amor tan intenso que hizo que quisiera arreglar todo aquello de algún modo.

Pero en el fondo sabía que, como siempre, no sería la elegida. Era la niña repudiada, la bastarda de la familia Whitney. Nunca la primera elección, siempre la sustituta. Y, si siempre había sobrevivido, sobreviviría a aquello. De un modo u otro.

–Tú decidiste qué clase de hombre deseabas ser mucho antes de conocerme, Theo –dijo con tristeza.

Él se volvió para mirarla.

–¿Perdona? –dijo con voz gélida. ¿O era sufrimiento?

Ella deseaba que así fuera, porque quería herirlo para saber si era capaz de hacerle daño. Por una parte, todavía se aferraba a la idea de que él podía sentir lo mismo que ella sentía.

—Eres así —dijo Becca, porque no tenía nada que perder—. El testamento te importa más que cualquier otra cosa.

—Tú no... —comenzó a decir él, pero ella lo interrumpió.

—Más importante que yo, sin duda —dijo ella.

—Becca...

—¡No! —exclamó ella con desesperación—. No finjas que es algo que no es.

—Quizá lo sea —dijo él mirándola fijamente mientras negaba con la cabeza.

Estiró el brazo y le agarró la mano, y Becca deseó gritar de rabia. Llorar. Pero permaneció sentada, permitiendo que la sujetara y deseando lo que no podía tener. Otra vez.

—Pero eso no cambia nada —dijo él—. No puede cambiar.

Becca no recordaba cómo había salido del coche pero, de pronto, se encontró en la acera, tiritando.

—Becca —dijo Theo.

Y como siempre, ella obedeció. Odiándose por haber dejado de caminar. Odiándose porque su cuerpo respondiera ante él, independientemente de lo que ordenara su cabeza.

—No tenemos nada más de qué hablar —dijo ella cuando él se acercó. Por un lado, deseaba retirarle la mano que él había colocado sobre su brazo. Por otro, deseaba ronronear como un gatito y deleitarse con su calor y su fortaleza–. Soy muy consciente de quién es Van Housen y de cómo voy a acercarme a él. Me da la sensación de que conozco mejor los potenciales peligros de la noche que tú, pero puesto que soy yo la que va a sufrirlos, imagino que tiene sentido.

–No quiero que hagas esto –dijo él.

–Entonces, dime que no lo haga –susurró Becca, pero sin tono de súplica. Al menos, conseguía controlar las lágrimas y todavía le quedaba orgullo.

–Becca... –dijo él, acariciándole el brazo desnudo–. Me encantaría poder cambiar todo esto.

–Puedes hacerlo –dijo negando con la cabeza para evitar las lágrimas–. Eres el único que puede hacerlo.

Theo agachó la cabeza, como derrotado. El hombre que había llegado tan alto a base de fuerza y voluntad. De deseo. Becca sintió que el corazón comenzaba a latirle con fuerza y llevó la mano hasta el rostro de Theo para acariciarlo.

Durante un instante permanecieron allí, acariciándose. Como si pudieran quedarse así para siempre, recibiendo la fuerza de la caricia del otro, sufriendo como si fueran uno.

–Ojalá pudiera ser un hombre mejor –dijo él, mirándola a los ojos–. Pero no sé cómo hacerlo.

Becca se tambaleó ligeramente sobre sus zapatos de tacón y tuvo que morderse el labio inferior para no ponerse a llorar. Sabía que aquello sería doloroso. Lo había sabido siempre. Pero no esperaba que él también fuera a sufrir. Le resultaba difícil respirar.

Dio un paso atrás y se volvió para dirigirse a la entrada de la sala de fiestas.

Pestañeó para contener las lágrimas, enderezó los hombros y se obligó a respirar hondo.

Podría hacerlo. Y lo haría. De algún modo.

Cuando él la llamó de nuevo, Becca se puso tensa, pero no se volvió. Los escalones cubiertos con la alfombra roja estaban a pocos pasos y ella ya no podía más.

—Becca —dijo Theo desde mucho más cerca.

Esa vez, ella se volvió.

—¡Basta! —exclamó golpeándolo con un dedo sobre el pecho—. ¡Esto será bastante duro sin que tú me lo hagas mil veces más difícil! O permites que entre y me ocupe de esto yo sola o...

—No —dijo Theo—. No entres.

Pero no parecía contento con su decisión. Simplemente parecía aturdido. Becca se fijó en el teléfono que él sostenía en la mano.

—¿Qué es? —preguntó—. ¿Qué ha pasado?

Él se pasó la mano por el rostro y, por fin, la miró a los ojos, pero era como si estuviera a mucha distancia. Tan inalcanzable como había estado al principio. Becca tragó saliva.

—Es Larissa —dijo Theo, como si no pudiera creer lo que estaba diciendo—. Acaba de despertar.

Capítulo 13

LA HABITACIÓN de Larissa estaba llena de voces distintas. Becca podía ver al personal médico alrededor de su cama, y a Bradford y Helen esperando en el salón en silencio. Al ver que Becca entraba con Theo, se quedaron horrorizados.

–¡Santo cielo! –dijo Bradford–. ¿Por qué diablos traes a esta criatura aquí? ¿Y en un momento como éste?

Fue entonces cuando Becca se percató de lo macabro que era ir vestida como la persona que se suponía que iba a morir justo cuando todo el mundo se enteraba de que, después de todo, no iba a fallecer.

Porque no era en eso en lo que había estado pensando durante el trayecto de regreso desde la sala de fiestas. Theo y ella habían permanecido en silencio. Ella no tenía ni idea de lo que él iba pensando, pero tampoco se atrevió a preguntárselo. Entretanto, la cabeza le daba vueltas. «¿Qué significa todo esto? Ya sabes lo que significa. Sólo que no quieres creerlo».

Sabía que debería estar preocupada por lo que aquello significaba para el futuro de Emily, por si recibiría el dinero del trato, ya que no había sido culpa suya que no hubiera podido cumplir con su parte. Pero no podía preocuparse por eso. No cuando sentía estar al borde de un precipicio, consciente de que podía caer, porque lo único que deseaba saber era qué significaba aquello para Theo. Para Theo y para ella.

Si Larissa estaba despierta, significaba que Theo seguía comprometido con ella. Y eso convertía lo que habían vivido juntos en algo sórdido y equivocado. Ella sintió un nudo en el estómago. Era diferente cuando se daba a Larissa por muerta. Pero así...

Becca no era el tipo de mujer que se metía en la cama de un hombre comprometido. Sin embargo, era en lo que se había convertido. ¿Cómo podía considerar que ellos eran personas corruptas cuando ella no era mejor que ellos?

—No comprendo lo que ha pasado —dijo Theo, haciendo que Becca volviera al presente—. ¿Cómo es posible?

—Es un milagro —dijo Helen—. No se puede llamar de otra manera.

—No me importa cómo quieras llamarlo —soltó Bradford. Miró a Becca con cara de odio y provocó que a ella se le pusiera la piel de gallina—. Significa que ya podemos deshacernos de esta mujer, y manejarlo todo de la manera adecuada. Tal y como deberíamos haber hecho desde un principio, sin involucrar a extraños.

—Eres bueno deshaciéndote de la gente, ¿no? —preguntó Becca—. Pobre Larissa. Ella pensaba que iba a escapar y, sin embargo, se ha despertado para seguir sufriendo con su relación contigo. Ella es de la única que no puedes deshacerte, ¿no es así?

—No eres más que basura —dijo Bradford—. Basura con el rostro de mi hija.

—Ten cuidado —intervino Theo.

Pero Bradford no lo miró. Se puso en pie y se acercó a Becca.

—Si por mí hubiera sido, nunca habrías vuelto a manchar la puerta de esta casa —le dijo con un tono horrible—. Nada me da más placer que hacerte marchar sin darte un céntimo de la fortuna de los Whitney. Ni tu hermana, ni tú, merecéis un céntimo de ese dinero. Igual que tampoco lo merecía vuestra madre.

—Solía pensar que mi madre era la víctima aquí —dijo ella, mirando a Bradford con valentía—, pero ahora comprendo que fue afortunada por escapar de este lugar.

—Sí —dijo Bradford—. Afortunada por vivir en la pobreza, pasando de un hombre inadecuado al siguiente. Afortunada por criar a dos criaturas mientras trabajaba hasta morir. Sí, Caroline era afortunada —se rió—. Y tú puedes esperar ser tan afortunada como ella durante el resto de tu vida.

—Bradford —la voz de Theo era puro acero—. Basta —le ordenó, pero el otro hombre no parecía oírlo.

—Lo cierto es que me das lástima —le dijo Becca, mirándolo directamente a los ojos—. Tienes todas las cosas del mundo, más de lo que la mayoría podría soñar con tener, y sin embargo, no tienes nada.

—Es suficiente.

Becca no había oído moverse a Theo pero notó que la sujetaba por los hombros y su manera de mirar a Bradford desde detrás de ella.

—No es el momento de este tipo de numeritos —añadió Theo.

—Saca a esa criatura de mi casa —contestó Bradford, furioso.

Theo se movió para colocarse entre Becca y Bradford. Ella no pudo evitar mirar hacia la habitación donde estaba Larissa. Los médicos se habían apartado de la cama y, durante un instante, Becca miró a los ojos a la verdadera Larissa. Se miraron mutuamente hasta que los médicos se acercaron de nuevo y Becca se volvió.

—No tendrás que repetírmelo dos veces —le dijo a Bradford. Incluso sonrió—. Estoy contenta de librarme de ti, para siempre —arqueó las cejas, como retándolo a que la insultara otra vez—. Y la próxima vez que necesites a un doble para una de tus conspiraciones, estoy ocupada.

Bradford comenzó a hablar, pero Theo lo interrumpió con un leve movimiento. Becca miró a Helen un momento y se marchó sin mirar a Theo. Ya que sospechaba que, si lo hacía, no se marcharía jamás. Y él no le pertenecía. Nunca había sido suyo. Y ella no debía haberse permitido pensar que podía llegar a serlo.

Así que, salió por la puerta sin más.

Theo la alcanzó de nuevo en la entrada principal.

—Para —dijo, haciendo que ella se detuviera—. Por favor —añadió.

—No tiene sentido seguir hablando —dijo ella.

—Bradford es un cretino —dijo Theo, colocándose

frente a ella–. Evidentemente recibirás el dinero que hubieras recibido si te hubieras encontrado con Van Housen esta noche, como estaba planeado. Nadie podía haber previsto lo que ha sucedido.

–Encontrarme con él –murmuró ella–. Suena tan aséptico.

–No creo que pudiera haber permitido que lo hicieras –dijo él–. No creo que hubiera podido soportarlo.

Ella negó con la cabeza. Había tantas cosas que podría haberle dicho y que deseaba decirle, pero no podía permitirse el lujo. Más tarde se arrepentiría de haberlo hecho.

–Nunca lo sabremos –dijo ella, encogiéndose de hombros.

–Cumpliste tu parte del trato a la perfección –dijo él con frialdad–. Por supuesto, recibirás lo prometido, por mucho que Bradford monte el numerito.

–¡No me importa! –exclamó ella, moviendo la mano en el aire.

Él estiró el brazo y la agarró. El contacto inesperado la hizo callar. Era demasiado. Demasiado ardiente. Demasiado correcto. Demasiado... Todo aquello que nunca podría ser.

–Lo harás –dijo él en voz baja–. Quizá no ahora. Pero lo harás.

Ella retiró la mano y, al sentir que una ola de calor la invadía por dentro, se sonrojó sin poder evitarlo. Igual que no podía marcharse de allí, como debía.

El momento se hizo interminable. No existía nada en el mundo más que el rostro de Theo y la irresistible mirada de sus ojos color ámbar. No había nada más que las cosas que no podían decirse.

–Sé que no debería pedirte esto –comenzó él, como si las palabras lo hirieran.

–Entonces, no me lo pidas –contestó ella, desesperada. Sabía que, si él le pedía cualquier cosa, ella no podría resistirse.

Él susurró su nombre, y ella sintió que su corazón roto se convertía en polvo.

Se miró en el espejo enorme que había junto a la pared y vio que ni siquiera se parecía a ella. Se parecía a Larissa, y la verdadera Larissa estaba despierta. Eso significaba que Becca ya no sabía ni quién era. ¿Cómo iba a saberlo? Se había perdido en aquella farsa durante demasiado tiempo. Y había comenzado a pensar que pertenecía a aquel lugar. Incluso había empezado a desear que así fuera.

Y como amaba a aquel hombre, había estado dispuesta a entrar en la sala de fiestas y a hacer lo que fuera necesario para hacerlo feliz. Tendría que vivir con esa verdad, con lo que decía sobre ella y sobre la parte de sí misma que estaba dispuesta a sacrificar por un motivo no muy bueno.

Toda su vida se había conformado con poco y lo había considerado una victoria. No podía seguir haciéndolo. Y no lo haría. No cuando se había permitido imaginar cómo sería si no fuese una chica de segundo plato, o cómo se sentiría siendo la elegida. Quizá había sido un espejismo, pero la había cambiado. Para bien.

–Merezco algo más que las migajas de la mesa

de la familia Whitney –dijo ella, sorprendida al oír que podía hablar con claridad. Incluso con orgullo. Por mucho que estuviera temblando por dentro–. Merezco más que estar preguntándome a quién ves cuando me miras, o a quién quieres ver. Merezco más que lo poco que puedes darme, lo poco que no está centrado en lo que realmente amas.

–Yo no la amo –dijo él con seguridad.

–Me refería al poder. Al dinero. A la riqueza. A todas esas cosas con las que soñabas en Miami –lo miró–. Lo comprendo, pero merezco algo más, Theo. Algo mejor.

–Becca –parecía tan perdido que ella flaqueó un instante.

Por última vez, ella se obligó a ser más fuerte que nunca. Se acercó a él, percibió su aroma, y lo besó en el rostro antes de retirarse.

–Por favor –susurró él, con los puños cerrados a ambos lados del cuerpo y el cuerpo lleno de tensión.

–Adiós, Theo –susurró ella, con las lágrimas agolpándose en su garganta.

Entonces, se alejó de él, del único hombre al que había amado. Encaminándose a un futuro incierto, pero sin él. Pero al menos, esa vez, no se había conformado con lo que le ofrecían. Era mejor esperar a lo que realmente deseaba. A lo que se merecía.

Tenía que ser así.

Dos o tres días después, Theo se encontró por fin a solas con Larissa. Sin médicos. Sin familiares. Solos, él y la mujer con la que seguía comprometido para casarse. La mujer que él daba por muerta y que parecía que había resucitado.

Theo no sabía qué sentir al respecto. Aunque tampoco tenía muchos sentimientos. Estaba como adormecido desde el día en que Becca se marchó, dando un portazo al salir de la mansión de la familia Whitney.

Larissa se movió en la cama y despertó, y Theo se sorprendió al ver que no se parecía a Becca. ¿Cómo podía haberse convencido de que eran similares? No sólo era a causa de que Larissa tuviera un aspecto frágil, sino también porque la fuerza de la personalidad de Larissa no se veía por ningún sitio. Era como mirar a una fotografía en blanco y negro, cuando ya se estaba acostumbrado a las de color.

–¿Estoy alucinando? –preguntó Larissa con voz ronca.

–No puedo imaginar por qué ibas a tener alucinaciones conmigo –dijo él.

Ella sonrió y Theo vio a la Larissa con la que había imaginado que se casaría, porque había pensado que ésa era la verdadera Larissa. La que guardaba encerrada en su interior.

–Allí –dijo ella, señalando hacia la otra habitación. Después, frunció el ceño confundida–. Creía que había visto...

–No estabas alucinando –dijo él.

Ella lo miró durante largo rato y él sólo pudo pensar que le parecía una extraña. Que la conocía desde hacía años y que, sin embargo, nunca había llegado a conocerla. Theo no dijo nada más, y ella no volvió a preguntar.

–Gracias –dijo ella–. Siempre has sido sincero conmigo.

Se incorporó despacio y rechazó la ayuda que Theo le ofreció. Finalmente consiguió acomodarse sobre las almohadas respirando con dificultad.

«Debería sentir algo más por ella, aparte de lástima», pensó Theo, desesperado.

–Tienes que descansar –dijo él–. Necesitas toda la fuerza para recuperarte.

–Olvidé lo del testamento –dijo ella, y tosió una pizca–. Mi padre me lo recordó –suspiró y se miró las manos.

Theo imaginó lo difícil que debía de haberle resultado la conversación.

–No te preocupes por tu padre –dijo él.

–Lo siento –ella negó con la cabeza–. No es que quisiera herirte. Sólo quería hacer que él... Cualquier cosa. No lo sé.

–No tenemos que hablar de esto –dijo Theo. No podía recordar la última vez que Larissa le había hablado así. Sin artimañas ni motivos ocultos. Y hubo un tiempo en el que eso lo habría llenado de alegría y esperanza. Habría significado que finalmente había llegado donde precisamente siempre había deseado llegar.

Entonces, ¿por qué se sentía tan vacío? Pero él sabía por qué.

–Sí, tenemos que hablar de ello –se retiró el pelo de la cara, dejando al descubierto los pómulos que él deseaba fueran de Becca. Pero cuando habló, su voz no era nada parecida a la de Becca–. Cambiaré el testamento. Lo firmaré para que todo sea para ti. Y me casaré contigo. Yo no... –se calló un instante y se encorvó–. No me resistiré más –lo miró a los ojos con tristeza–. Lo prometo.

Él debería haberse alegrado. Debería haberse sentido triunfal. Porque la creía. Lo que la había sucedido la había cambiado de algún modo, y él lo notaba. Le había ofrecido todo lo que él había deseado en bandeja de plata.

Pero todo lo que siempre había deseado ya no era lo que deseaba.

–Quédate las acciones –dijo él.

–Pero...

–Guárdalas –añadió–. Son tuyas, por derecho de nacimiento.

–No me importa. De veras.

–Pero son tuyas de todos modos. Y quizá, algún día, consideres que lo mínimo que mereces por haber sobrevivido a esta familia son las acciones. Nunca se sabe.

Ella lo miró un instante pero no dijo nada. Theo se puso en pie y se pasó las manos por el rostro. No recordaba cuándo había sido la última vez que se había afeitado. Habían sucedido muchas cosas en los últimos días. Bradford le había dicho que parecía un rufián, y él se lo había tomado como un cumplido cuando, en otro momento, se habría preocupado por haber permitido que se le notara que provenía de familia pobre. Pero ya no le importaba.

Sólo le importaba una cosa, y había permitido que se alejara de él.

–Te debo una disculpa –le dijo a Larissa.

–Lo dudo –dijo ella, mirándolo fijamente.

–Creo que amaba lo que me hubiera gustado que fueras –dijo él–. Y no a ti.

Ella lo miró durante un largo rato y esbozó una sonrisa.

–Lo sé –dijo sin más.

Y tras esas palabras, ambos se sintieron liberados.

Capítulo 14

CUANDO su compañera de trabajo asomó la cabeza por la puerta de su despacho para decirle a Becca, con asombro, que un hombre la estaba esperando, Becca sintió que iba a desmayarse. Respiró hondo varias veces y, cuando se convenció de que no lo haría, sonrió.

—Por favor, dile que me espere en recepción —dijo con voz calmada—. Saldré en cuanto pueda.

—No creo que sea el tipo de hombre que espera mucho rato —dijo Amy.

Becca sonrió otra vez.

Pero cuando Amy desapareció, la sonrisa se desvaneció de su rostro. Becca cerró los ojos y se frotó las sienes para tratar de controlar el sentimiento que la inundaba.

Él estaba allí.

No tenía ninguna duda de que era Theo. No se le ocurría ningún otro hombre que pudiera haber asombrado a Amy de esa manera. Él causaba ese efecto.

Habían pasado dos semanas desde que ella se había marchado de la mansión de los Whitney. Y se había felicitado por ello. Por haber hecho lo que se había propuesto.

Nada más regresar a Boston se había teñido el pelo de su color natural, tratando de recuperar su identidad, y había continuado con su vida donde la dejó. Se había alegrado de volver a ver a su hermana y de leer las cartas de admisión que le habían enviado las universidades donde había presentado la instancia. Ello hizo que, después de todo, a Becca le mereciera la pena pasar por todo lo que había pasado.

—Sé que no podemos permitírnoslo —había dicho Emily, sujetando la carta de Princenton en la mano—. Pero quería ver si era capaz de entrar.

—No te preocupes por el dinero —había dicho Becca mientras la abrazaba—. Eso es asunto mío.

No importaba lo que hubiera sucedido en Nueva York. Pensaba que Theo le daría el dinero, tal y como había dicho, y eso significaba que había merecido la pena. Todo. Incluso su corazón roto. Si eso significaba que Emily podría tener el futuro que merecía, y que Becca cumpliría así la promesa que le había hecho a su madre, volvería a pasar por todo aquello.

Quizá había tenido que suplicar un poco para volver a su trabajo pero, al final, habían aceptado, aunque le hubieran asignado al abogado más malhumorado del bufete. Eso podría manejarlo.

De lo que no estaba segura de poder manejar era que Theo apareciera en su ordenada vida. Una cosa era vivir como vivía él en Manhattan. Con áticos, coches privados y lo mejor de cada cosa a su disposición. Pero ésta era su vida y él era demasiado poderoso. No pertenecía a ese mundo. Ni siquiera durante el tiempo que tardara en hacer lo que pensara hacer durante su inesperada visita.

Pero ella iba a tener que reunir fuerzas para decírselo, y Becca no estaba segura de poder hacerlo. No cuando no había hecho más que sufrir por él, soñando despierta cada noche, desde que se había marchado de Nueva York.

Así que hizo lo único que podía. Hacerlo esperar.

¿Cuánto tiempo lo haría esperar? Theo estiró las piernas e ignoró la mirada descarada de la recepcionista. Ya casi llevaba una hora allí, en la pequeña oficina donde se encontraba el despacho de abogados donde ella trabajaba.

Al verla entrar en la recepción, la reconoció enseguida. Su Becca. La reconocería aunque estuviera ciego.

—Me has hecho esperarte casi una hora —dijo él, fingiendo que ojeaba la revista que tenía en la mano—. ¿Te parece suficiente castigo?

—Ni mucho menos —dijo ella.

Él levantó la vista y la miró un instante. Dos semanas sin ella le habían parecido una eternidad. Y no tenía intención de repetir la experiencia. Ella se había oscurecido el pelo y se había quitado las malditas lentes de contacto de color verde.

A él le gustaba. Su pelo castaño, que llevaba recogido en un moño, conjuntaba con sus ojos color avellana, y cuanto menos se parecía a Larissa, más le gustaba.

¿Cómo podía haber considerado que era una mujer sin estilo? Porque sabía que lo había hecho, pero era como si no tuviera acceso a esos recuerdos. Estaba demasiado marcado por las imágenes de ambos desnudos, de Becca gimiendo su nombre mientras él se movía en el interior de su cuerpo.

Ella iba vestida con lo que se suponía era un traje de negocios. Era bastante bonito, aunque ocultaba su atractivo cuerpo. Sabía que esa ropa era más profesional, pero él prefería que llevara ropa más sugerente.

—Hola, Becca —dijo él, al cabo de un momento.

Ella miró hacia la recepcionista que, a su vez, los miraba con ávido interés y movió la cabeza para señalar hacia la puerta.

—Ven —le ordenó ella—. Vamos a dar un paseo.

Theo dejó la revista y se puso en pie, mirándola. Una inmensa satisfacción lo invadió por dentro al ver que ella se fijaba en el movimiento de su cuerpo y que tragaba saliva. «Bien», pensó él. Mientras ella siguiera deseándolo, él se ocuparía del resto. Eso era lo único que importaba.

Becca retiró la vista de su abdomen y lo miró a los ojos. Él se percató de que se le habían sonrosado las mejillas a causa del deseo. Quizá lo odiara. De hecho, debería odiarlo. Pero eso no significaba que lo deseara menos.

Más contento de lo que debía, la siguió al exterior.

Ella se volvió hacia él en cuanto llegaron a la acera, y el ajetreo de la ciudad de Boston desapareció, como si sólo estuviera él a su lado.

–¿Hola, Becca? –repitió ella con incredulidad–. ¿Es eso lo que me has dicho? ¿Como si no fuéramos más que conocidos?

–¿Te gustaría que te saludara de alguna otra manera? –preguntó él, con ese tono que hacía que Becca sospechara que se estaba riendo de ella.

Y le hacía mucho daño. Ella estaba demasiado sensible y él no debería estar allí. Su presencia era muy poderosa, aunque fuera vestido con pantalones vaqueros, un jersey oscuro y un abrigo. Incluso los abogados que iban de camino a sus reuniones lo miraban, porque era diferente, algo más que todos ellos. Iluminaba la calle de Boston como si fuera una estrella.

Por supuesto, Theo no se percataba de ello. Sólo la miraba como si fuera una presa. O algo muy preciado para él. O ambas cosas. Becca no conseguía decidir cuál era peor, cuál de todas le haría más daño.

–¿Qué quieres? –preguntó ella inexpresivamente.

Él sacó un sobre del bolsillo interior de su abrigo y se lo entregó. Ella lo agarró y lo miró, aunque no era su intención.

–¿Qué es esto? –se sentía apagada. Espesa. Deseaba que se fuera. O en cualquier caso, eso era lo que debería desear.

–¿Tú qué crees? Es tu dinero. Hay algunos papeles que tienes que firmar y también varias carteras de inversión que deberías considerar con una herencia de este importe. Y también, el tema de impuestos –arqueó las cejas–. Estaré encantado de recomendarte a un buen abogado, si prefieres que los abogados con los que trabajas no se enteren de tus nuevos activos. Quizá sea mejor que mantengas esa información en privado.

Ella no podía creerlo. Que él estuviera allí, o que tuviera entre sus manos la culminación de todos sus sueños.

—¿Te has convertido en mensajero durante tu tiempo libre? —preguntó ella—. ¿Ahora te dedicas a entregar el correo?

—Sólo para ti, Becca —dijo él, con ese tono de voz que conseguía derretirla. Estiró la mano y le acarició el rostro con la palma.

Ella tuvo que esforzarse para contener las lágrimas. Aquello era muy injusto.

—¿Por qué me haces esto? —susurró ella—. ¿Es un juego? ¿Quieres ser tú el que se marche esta vez, para poder mantener tu buena racha? ¿Para eso has venido?

Becca suponía que él retiraría la mano, pero sólo la movió para deslizarla por su cuello y detenerla sobre su clavícula donde, sin duda, notaría su pulso acelerado.

—Quiero... —comenzó a decir él.

—Te gustan los juegos de poder —lo interrumpió ella, apoderada por el pánico—. Las salas de juntas y tus trajes de ejecutivo, y todas esas cosas con las que piensas gobernar el mundo. Ya sé lo que quieres.

—Becca —le ordenó él.

Pero esa vez ella no podía obedecer. Había demasiado en juego y ella ya había perdido más de lo que podía soportar.

—Mujeres que no existen, fragmentos de tu imaginación —continuó ella, sin saber qué quería decir—.

Toda la familia Whitney, corrupta y despreciable, que te habría dejado a un lado si no hubieses contribuido a llenar sus cofres. Eso es lo que quieres. El esnobismo y la codicia. Las fantasías y...

—Y a ti —dijo él—. Te quiero.

Una inmensa alegría la invadió por dentro, con tanta fuerza que se le cortó la respiración. Pero cuando recuperó la cordura, la desesperación se apoderó de ella. No importaba lo que deseara, porque lo conocía demasiado bien. Y aunque lo amara con una ferocidad sorprendente, se había alejado de él por un motivo.

—No, no es cierto —dijo ella—. No lo suficiente.

Ella dio un paso atrás antes de que él consiguiera que olvidara la triste realidad con sus caricias.

—¿Qué puedo hacer para demostrártelo? —preguntó él, provocando que se estremeciera con el fuego de su mirada—. Porque ya sé que tú también me quieres, aunque nunca te hayas molestado en decírmelo —esbozó una sonrisa—. Incluso ahora puedo verlo.

—¿Y por qué voy a decirte algo así? —preguntó ella, y se percató de que no lo había negado. No podía. Y de todos modos, ¿qué más da? Estás comprometido. Todo lo que ha sucedido entre nosotros está mal.

—No estoy comprometido —contestó él—. Y entre nosotros han pasado muchas cosas, Becca, pero ¡ninguna es mala!

—¿Qué ha pasado con Larissa?

—Está bien —dijo él—. Se ofreció a cumplir todas sus promesas —su mirada era seria. Como de acero—. Rechacé la oferta.

–Tú... –Becca no era capaz de comprenderlo. El corazón le latía demasiado deprisa. Se sentía ligeramente mareada. Pero no podía dejar de mirarlo.

–He dejado las acciones en sus manos –dijo él, acercándose a Becca–. No voy a casarme con ella.

–¡Pero Whitney Media lo es todo para ti! –exclamó ella.

–Sobre ese tema... He abandonado.

Ella se quedó boquiabierta. Y se estremeció con tanta fuerza que pensaba que iba a romperse en mil pedazos.

A partir de entonces, fue incapaz de mantener la compostura. Era demasiado. Becca lo miró un instante y rompió a llorar.

–No comprendo nada –dijo Becca, mucho tiempo después. Estaban en la suite del hotel en el que se alojaba Theo, con vistas a la ciudad de Boston y a la puesta de sol.

Él se había ocupado de todo. La había guiado hasta su limusina, había contactado con sus jefes y la había llevado a uno de los hoteles más caros de Boston para que pudiera llorar en paz. Incluso la había abrazado, susurrándole palabras tranquilizadoras al oído.

Había llorado por su madre, y por el bebé que era ella cuando la habían tratado como si fuera poco más que un gran problema para la vida de su madre. Había llorado por el sentimiento de culpa que siempre había tenido, por la vida que había impedido que

tuviera su madre, por la vida que habían llevado juntas, pasando de un hombre malo a otro peor. También por las promesas que había hecho y por haber
tenido que pedirle ayuda a los Whitney. Por la inocencia de Emily y por que la hubiera perdido pero,
sobre todo, había llorado para liberar todas las emociones que había experimentado, una y otra vez,
desde el día en que conoció a ese hombre.

Y cuando consiguió calmarse, cuando ya no le
quedaban más lágrimas, él seguía a su lado.

—¿Qué es lo que no comprendes? —preguntó él.

Estaba junto a la ventana, donde ella lo había encontrado después de salir de la ducha caliente que
se había dado después de tanto llorar.

—Has trabajado mucho en Whitney Media —dijo
ella—. Para Whitney Media —él se volvió para mirarla
y ella se quedó sin respiración. Estaba muy atractivo y
parecía muy peligroso. Sus ojos brillaban como joyas.
Ella pestañeó un instante y se centró de nuevo—. ¿Por
qué ibas a abandonarlo ahora? ¿Cuando por fin podías
tenerlo tal y como querías?

Él permaneció allí de pie, provocando que le tem-
blaran las piernas, los pechos se le pusieran turgentes y sintiera que se derretía por dentro.

—Es fácil —dijo él—. Te deseo más a ti.

—Nadie me elige a mí —dijo ella—. Soy siempre la
segunda opción, el relleno. Y tú... Tú eres el tipo de
hombre que nunca estará satisfecho con nada que no
sea lo original.

—Te quiero a ti, Becca —dijo él, acercándose a
ella—. Tú eres la de verdad.

—Pero no puede ser. No puedes...

—Pues así es —dijo él, y la tomó en brazos para besarla en los labios.

Un fuerte calor la inundó por dentro. Pasión, furia, y todo sazonado con felicidad. Una felicidad inmensa, contra la que no podía luchar cuando estaba entre sus brazos. Sólo podía saborearlo. Y no era suficiente.

Ella se retiró una pizca para mirarlo y, lo que vio, la hizo temblar. Mucho deseo. Mucha pasión. Y mucho amor. Esa vez, Becca no tuvo ninguna duda acerca de que era a ella a quien él deseaba, y no a la mujer a la que se parecía.

Porque había tenido a esa mujer y la había dejado escapar. Y estaba allí, con Becca. Y no con el objeto de sus fantasías.

Poco a poco, Becca comenzó a creerlo. A sentir esperanzas en lugar de dudas.

—No tengo trabajo y, sin duda, estaré en la lista negra de una de las empresas más poderosas del mundo —dijo él, acercándola más a su cuerpo, de forma que sus senos quedaron apretados contra su torso—. Así es como he venido a decirte que te quiero, y que deseo casarme contigo, que esta historia no puede tener otro final.

Becca escuchó con atención las palabras que nunca había esperado oír de su boca y sonrió.

—Es una lástima que ahora sea heredera de los Whitney —dijo ella—. Eso le quita mérito a tu gran sacrificio.

—Te quiero —dijo él otra vez—. Nada tiene sentido sin ti.

—Lo sé —susurró ella, mientras lágrimas de felicidad rodaban por sus mejillas—. Yo también te quiero.

Mucho más tarde, yacían con los cuerpos entrelazados sobre la enorme cama del hotel, tal y como preferían estar, disfrutando del efecto de su encuentro. Con cada caricia, con cada beso, Theo había visto cómo ella iba cambiando. Esperanza. Confianza. Amor.

Con Becca podía ser el hombre que siempre había querido ser. Con Becca, podía ser él mismo.

—Has dejado de lado una fortuna por mí —dijo ella, acariciándole el torso con el dedo.

—Así es —dijo él. Nunca se había sentido tan completo. Nunca había amado. Y no estaba seguro de siquiera haber deseado amar, y por eso había elegido una fantasía. Pero a partir de entonces tendría toda la vida para amar a aquella mujer, y para merecer su amor. La miró y le dedicó una amplia sonrisa—. Pero no temas, mi amor. Soy Theo Markou García. Conseguiré otra fortuna. Eso es a lo que me dedico.

Deseo

¿Quién seduce a quién?

KATE CARLISLE

¿Nuevo peinado? ¿Maquillaje? ¿Un vestido? ¿Dónde había estado su eficiente secretaria? Porque la mujer que había delante de Brandon Duke no era la Kelly Meredith que se había ido de vacaciones dos semanas antes. Estaba atónito, y encantado, por su transformación.

Ella decía que el cambio de imagen era parte de su plan… para ser más seductora. Y el millonario era el hombre perfecto para darle a su ayudante unas cuantas lecciones de amor. Lo haría despacio, saboreando cada momento, y luego diría adiós… ¡si podía!

El primer paso: mezclar los negocios con el placer

¡YA EN TU PUNTO DE VENTA!

Bianca.

Su inocencia era un tesoro del que nunca podría cansarse

A Sergei Kholodov le asombraba la inocencia de aquella turista estadounidense a la que había ayudado, pues a él la vida lo había transformado en un hombre cínico y amargado.

Detestaba el tremendo efecto que tenía sobre él, y por eso Sergei tomó la fría decisión de dejar a un lado sus emociones... Se dejaría llevar por el placer y la pasión antes de apartarla de su lado y destruir sus sueños. Pero Sergei volvió a aparecer un año después. No había podido borrar a Hannah de su memoria y creía que quizá pudiera olvidarla por fin si pasaba una noche más con ella. O quizá quisiera más y más...

Oscuras emociones

Kate Hewitt